宮沢賢治の霊の世界

ほんとうの愛と幸福を探して

桑原啓善 著

わたくしといふ現象は
仮定された有機交流電燈の
ひとつの青い照明です
（あらゆる透明な幽霊の複合体）

心象スケッチ『春と修羅』序より

心象スケッチ『春と修羅』
大正13年4月20日刊。
賢治生前の自費出版。

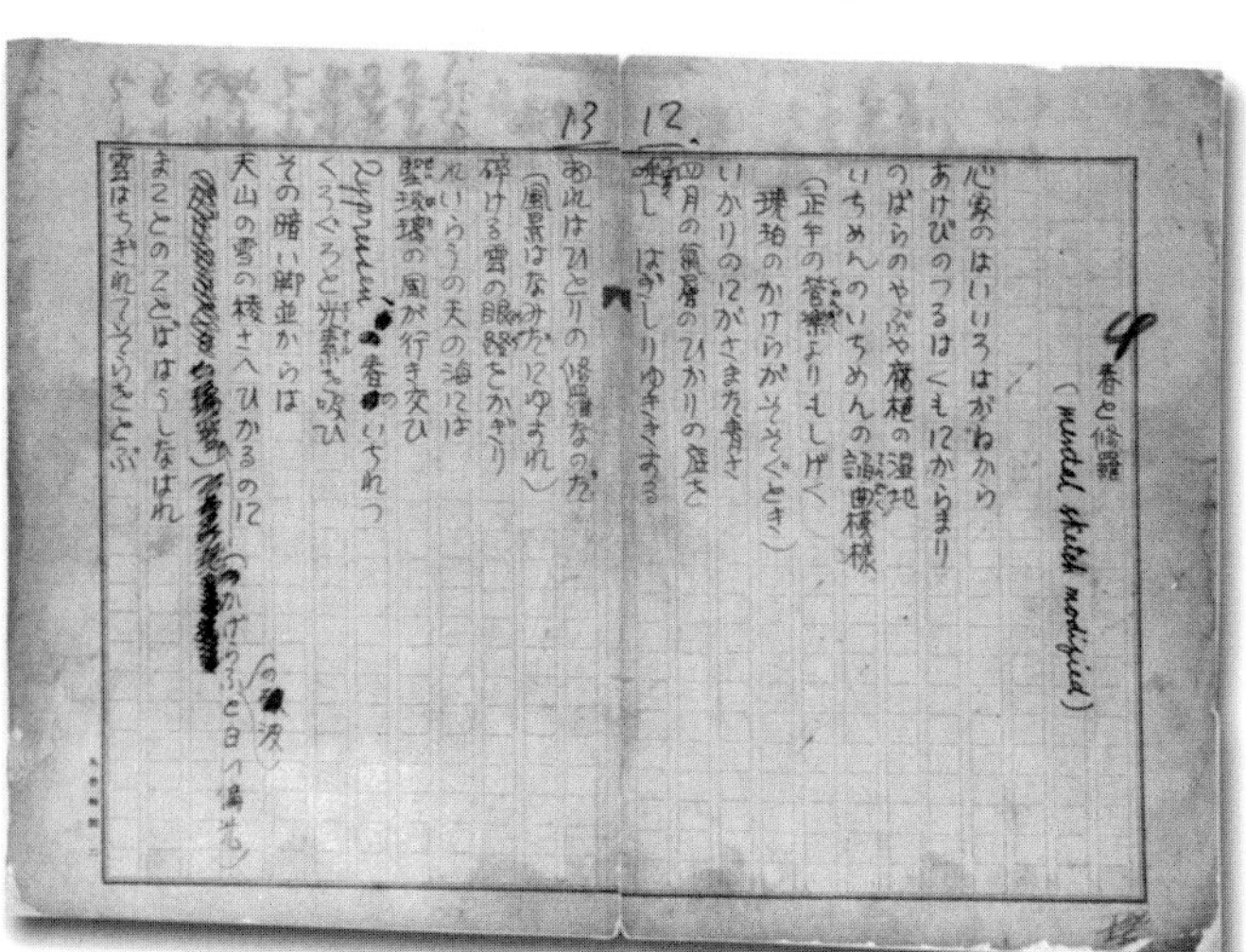

雨ニモマケズ

雨ニモマケズ
風ニモマケズ
雪ニモ夏ノ暑サニモマケヌ
丈夫ナカラダヲモチ
慾ハナク
決シテ瞋ラズ
イツモシヅカニワラッテヰル
一日ニ玄米四合ト
味噌ト少シノ野菜ヲタベ
アラユルコトヲ
ジブンヲカンヂャウニ入レズニ
ヨクミキキシワカリ
ソシテワスレズ
野原ノ松ノ林ノ蔭ノ

「雨ニモマケズ」の碑が建つ羅須地人協会跡地

行ッテ看病シテヤリ
西ニツカレタ母アレバ
行ッテソノ稲ノ束ヲ負ヒ
南ニ死ニサウナ人アレバ
行ッテコハガラナクテモイヽトイヒ
北ニケンクヮヤソショウガアレバ
ツマラナイカラヤメロトイヒ
ヒデリノトキハナミダヲナガシ
サムサノナツハオロオロアルキ
ミンナニデクノボートヨバレ
ホメラレモセズ
クニモサレズ
サウイフモノニ
ワタシハナリタイ

復元された羅須地人協会の内部（集会室）

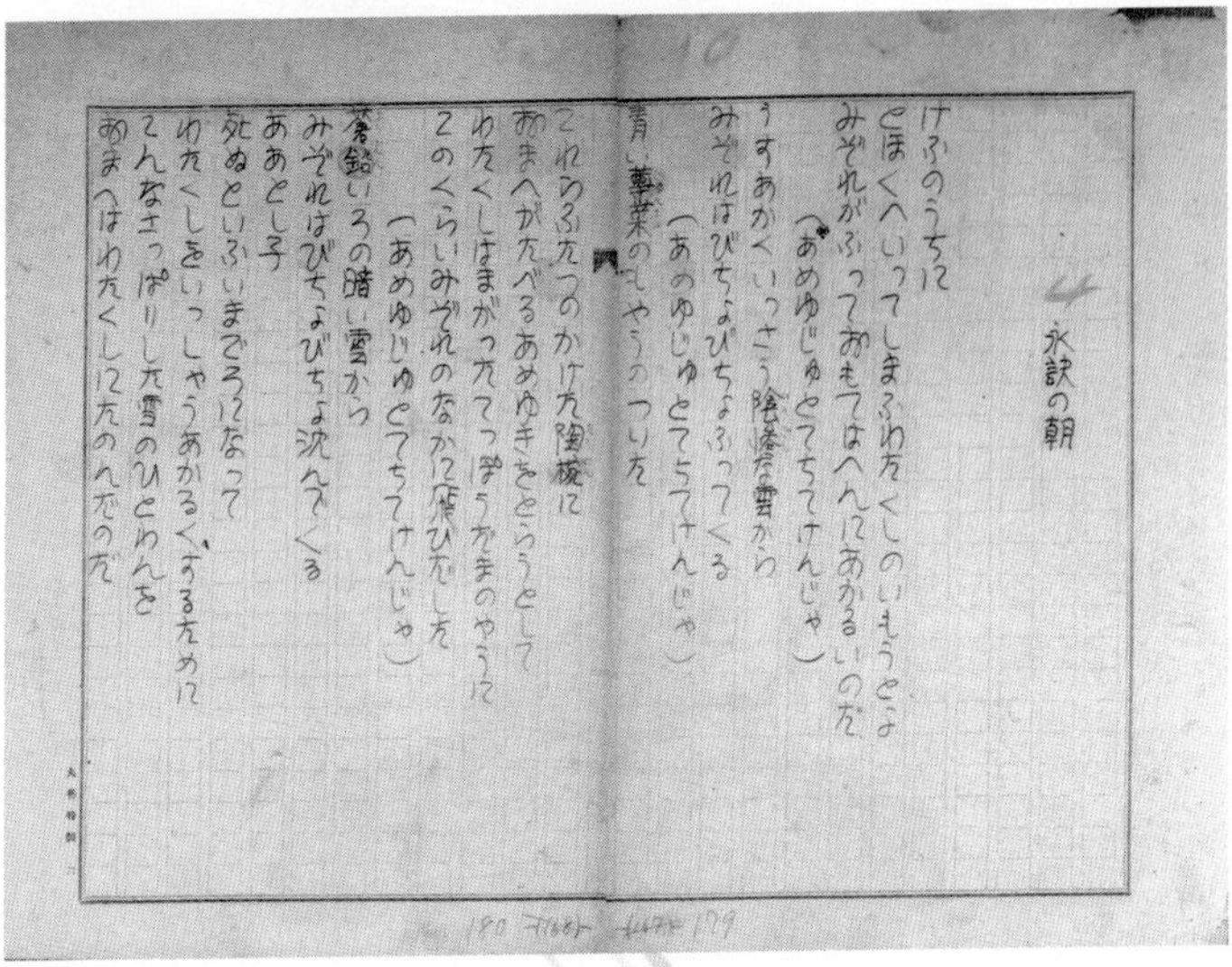

永訣の朝

けふのうちに
とほくへいってしまふわたくしのいもうとよ
みぞれがふっておもてはへんにあかるいのだ
（あめゆじゅとてちてけんじゃ）
うすあかくいっさう陰惨な雲から
みぞれはびちょびちょふってくる
（あめゆじゅとてちてけんじゃ）
青い蓴菜のもやうのついた
これらふたつのかけた陶椀に
おまへがたべるあめゆきをとらうとして
わたくしはまがったてっぽうだまのやうに
このくらいみぞれのなかに飛びだした
（あめゆじゅとてちてけんじゃ）
蒼鉛いろの暗い雲から
みぞれはびちょびちょ沈んでくる
ああとし子
死ぬといふいまごろになって
わたくしをいっしゃうあかるくするために
こんなさっぱりした雪のひとわんを
おまへはわたくしにたのんだのだ

「永訣の朝」原稿

賢治のチェロと
妹トシのバイオリン

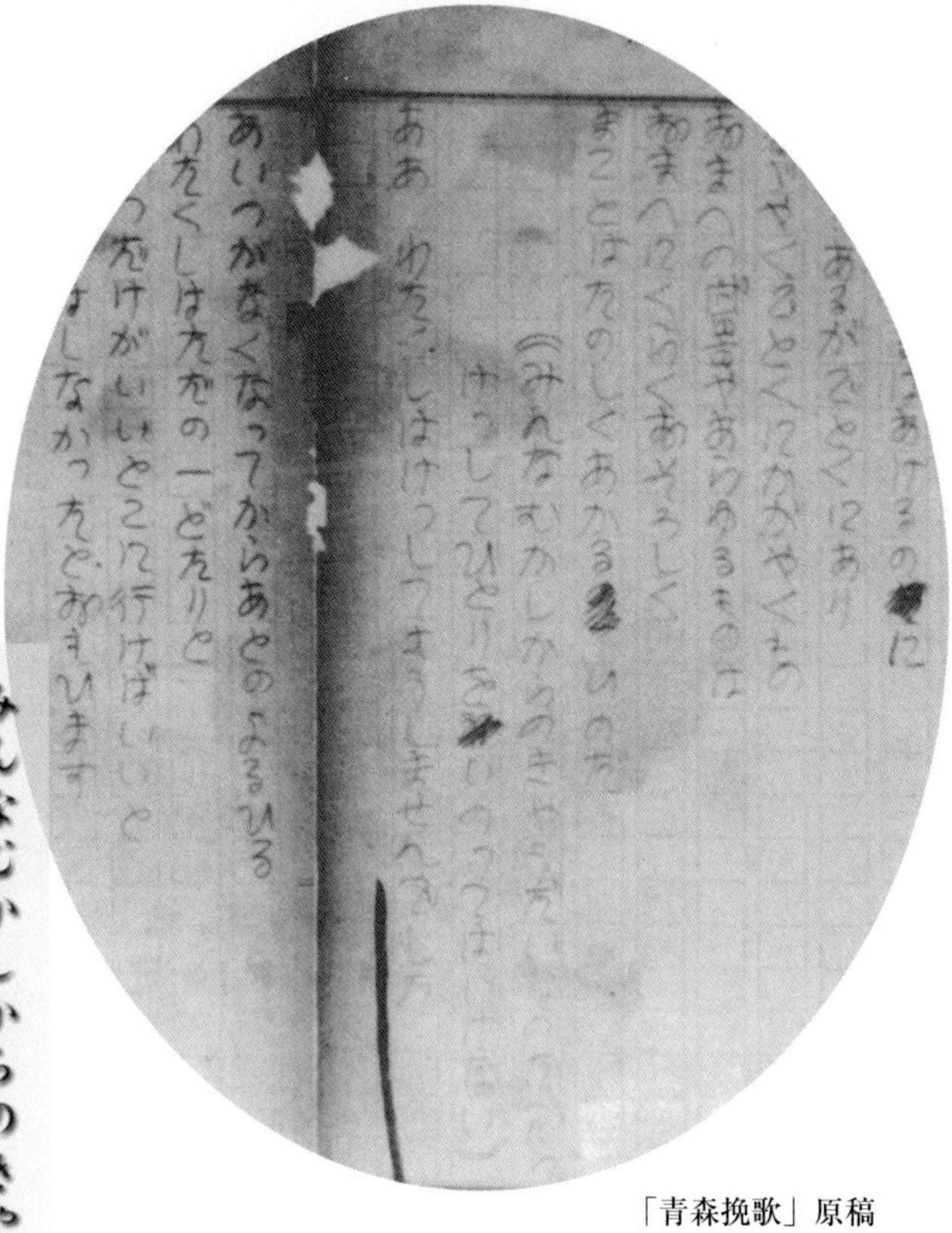

「青森挽歌」原稿

みんなむかしからのきやうだいなのだから

大正時代の軽便鉄道

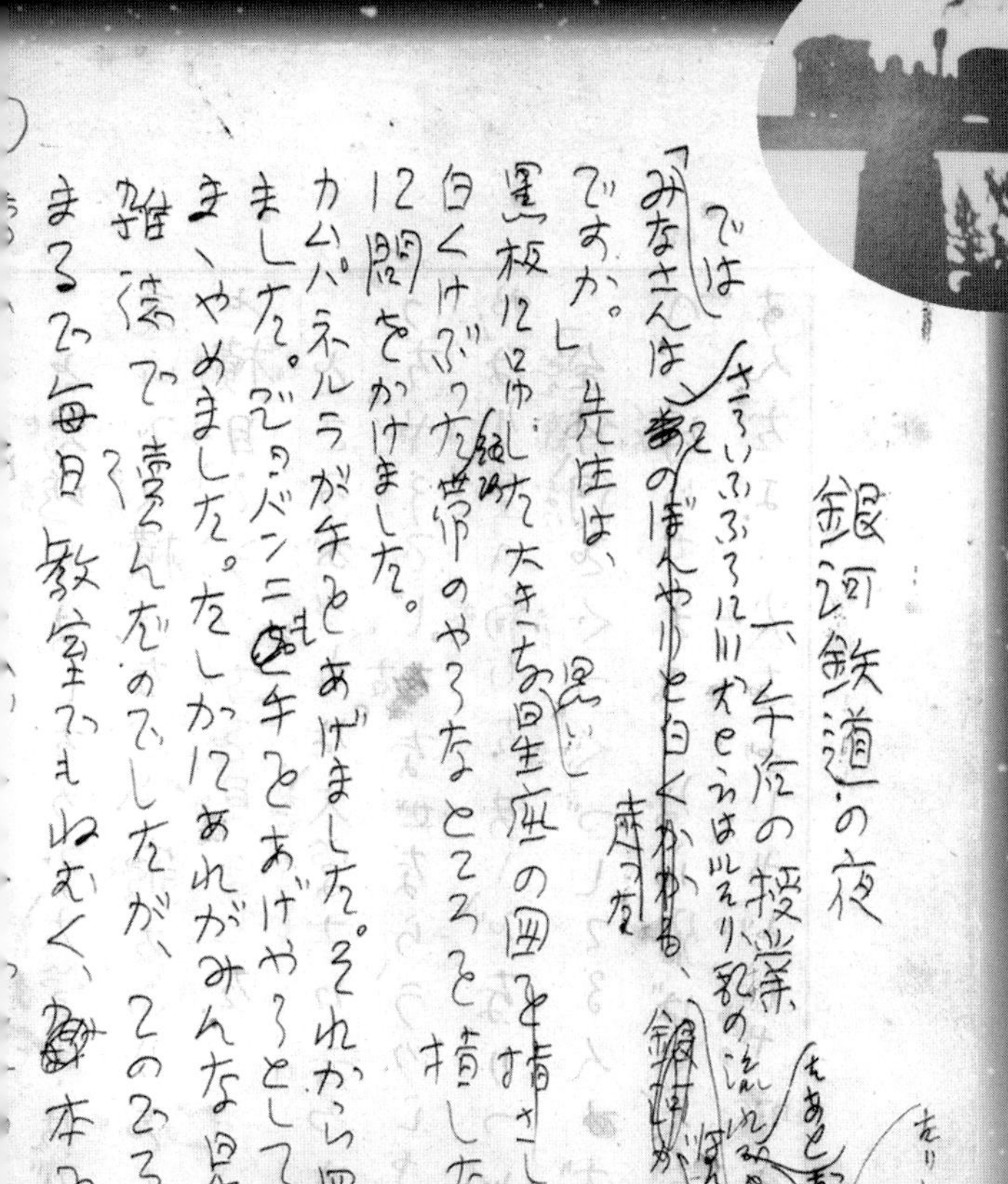

銀河鉄道の夜
一、午后の授業
「ではみなさんは、さういふふうに川だと云はれたり、乳の流れたあとだと云はれたりしてゐたこのぼんやりと白いものがほんたうは何かご承知ですか。」先生は、黒板に吊した大きな黒い星座の図の、上から下へ白くけぶった銀河帯のやうなところを指しながら、みんなに問をかけました。

カムパネルラが手をあげました。それから四五人手をあげました。ジョバンニも手をあげやうとして、急いでそのまゝやめました。たしかにあれがみんな星だと、いつか雑誌で読んだのでしたが、このごろはジョバンニはまるで毎日教室でもねむく、本を読む

「銀河鉄道の夜」の原稿

1996年４月14日　宮沢賢治生誕100年記念公演（花巻市文化会館大ホール）
「朗読劇・銀河鉄道の夜」構成・脚本・演出 桑原啓善

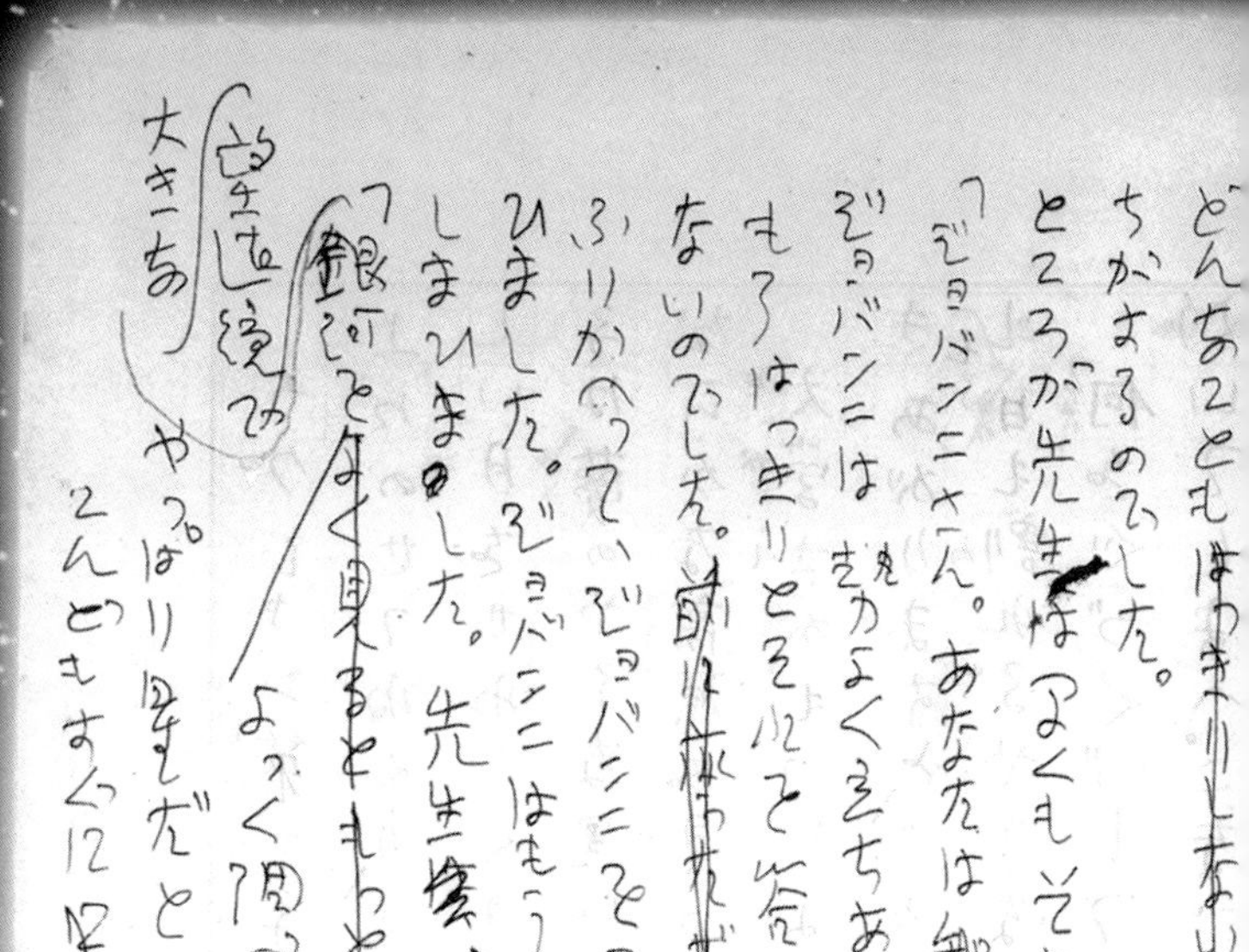

どんなこともはっきりよくわからないという気持
ちがするのでした。
ところが先生は早くもそれを見附けたのでした。
「ジョバンニさん。あなたは判ってゐるのでせう。」
ジョバンニは勢よく立ちあがりましたが、立って見ると
もうはっきりとそれを答へることができませんでした。
ないのでした。前の席からザネリが前の席から
ふりかへって、ジョバンニを見てくすっとわらって
ひました。ジョバンニはもうどぎまぎしてま
しまひました。先生がまた云ひました
「銀河をよく見るともっと近くへ行って
よっく調べると銀河は大
大きな望遠鏡で
やっぱり星だとジョバンニは思ひこんどもすぐに答へることが

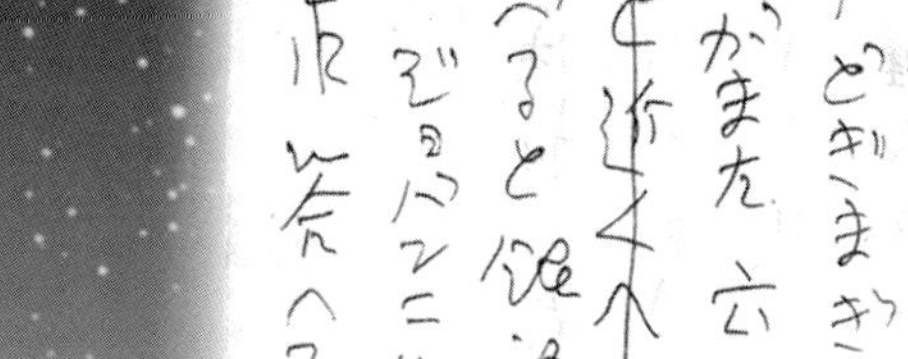

1996年８月25日　東京・乃木神社にて宮沢賢治の生誕100年を記念し、歌・朗読・舞を奉納

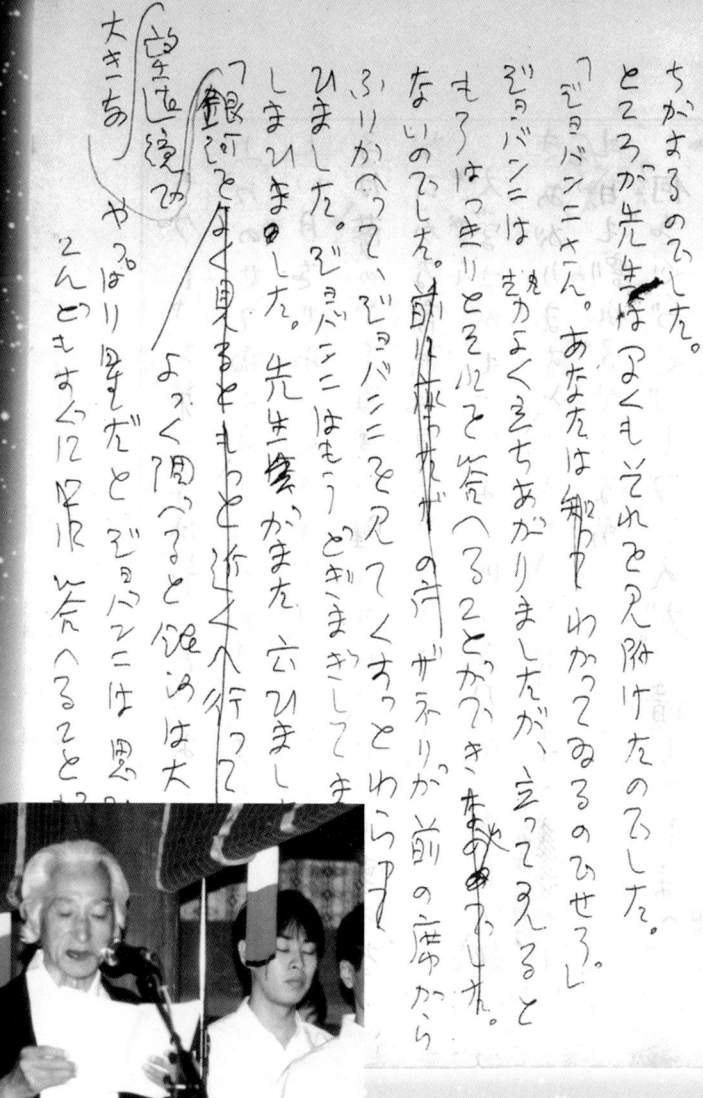

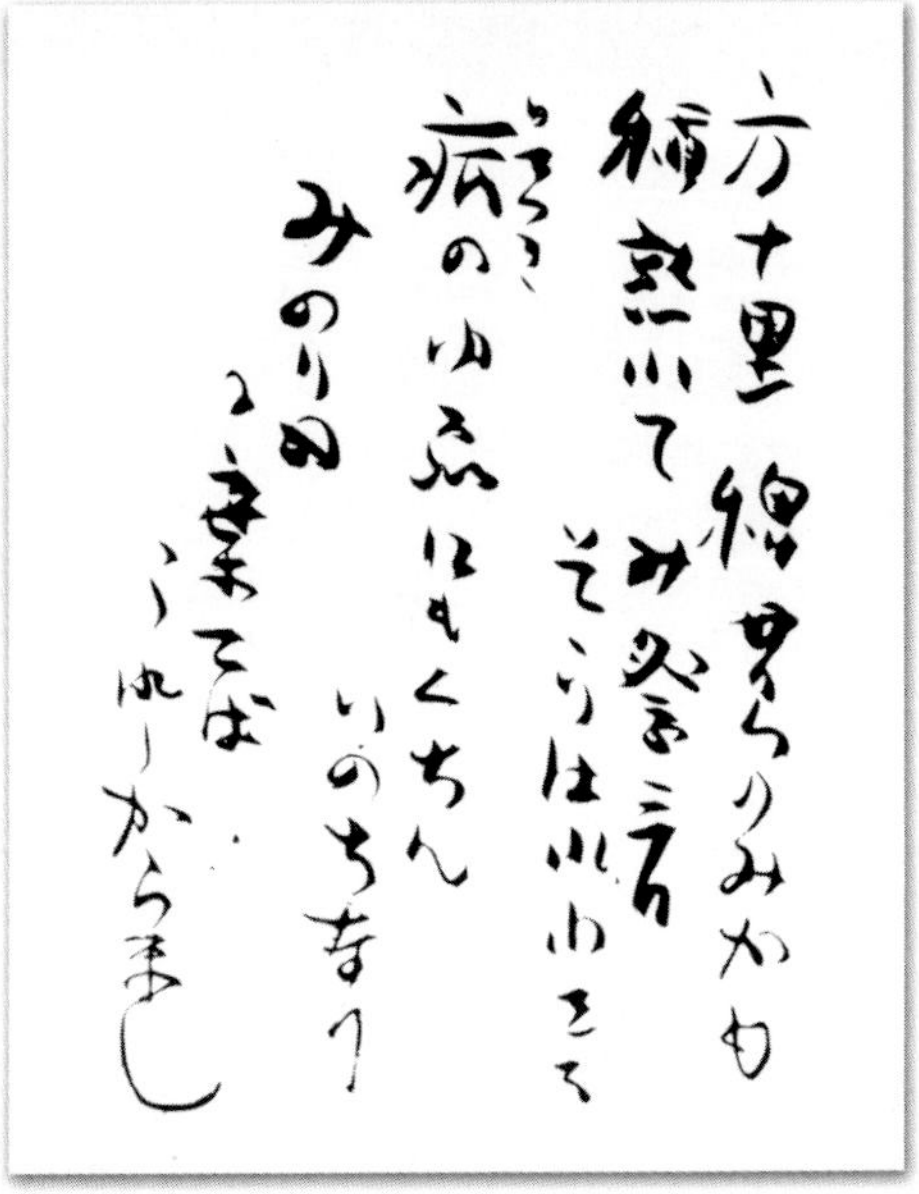

絶筆二首

昭和８年９月20日容態急変し絶筆を書く。翌日９月21日午後１時30分他界。

花巻市身照寺にある賢治供養塔

国訳妙法蓮華経

賢治の遺言により一千部作られた

新装再版の発行にあたって

『宮沢賢治の霊の世界』は平成四年に土曜美術出版から発行され、三刷まで出てその後絶版になっていました。今度でくのぼう出版社主・熊谷えり子氏からの強い要請があり、今更古い拙稿をと思いましたが、再版にふみ切りました。それはこれらの中に宮沢賢治の本心が録されていると、今も確信しているからです。但し再版にあたり、二十六年前（昭和五十年）に書いた小論「詩人は予言者か」を巻末に付け加えて頂きました。それはこの中に賢治が持った悲願「みんなの本当の幸福を求めて」と全く同じ問いかけがあるからです。

賢治はその事を銀河鉄道を行くデクノボー少年ジョバンニに「どこでも勝手に歩ける通行券」緑の切符を持たせることで、完結できると最後に思っていたふしがあります。私はこの賢治の「ふし」実践するために、それから二十六年間、でくのぼう革命（世界の人が少年ジョバンニに変わる思想や声の運動）を続け、今、やっと目鼻がついたところです。つまり「声」で皆がデクノボーに変わる目安をつけたところです。これから銀河鉄道が異空間を、日常空間に変えた、えいえんの皆の本当の幸福のふる里「銀河」の方向に向かいます。

夢のようなことを記して申し訳けありません。賢治文学にこめられた「謎」は、どうしたら人類史五〇〇〇年の迷い（釈迦の言う生老病死の苦）を、法華経の道・菩薩行（人が愛の人になって愛を行うこと）で解消していけるか、童話や心象風景の詩で書きとめて置くことだったと思います。その結論は、雨ニモマケズ手帳の「雨ニモマケズ」と、デクノボーの劇の構想を、（構想として）録しておきました。幻想として、大正十三年から『銀河鉄道の夜』を異空間世界（現世と死者の世界の扉を消して、デクノボーになった少年ジョバンニなら行ける世界）に飛ばして、ひそかに人類の未来を暗示してきました。

私は「詩人は予言者か」が同じ問いかけをもって、ふと、宮沢賢治もそんな風にモノを見たり考えたりしたのではないかと気が付いて、昭和五十九年秋に森荘已池氏と花巻を訪れました。私の予感は的中し、少年時から賢治の友であり続けた森さんは、秘中の秘（書きものにも書けず、語る相手もないので語らなかった）こと二つを洩らして下さいました。一つは賢治は「鬼神が見える人」、俗にいうと「霊能力者」、私に言わせると「高位の霊的世界と交感できる」天才。もう一つは「革命家」。世界を仏の世界に変える、それも宗教（信仰）ではなく、もちろん政治革命ではなく、人間のデクノボーへの進化（皆がジョバンニ少年になること）を目論《もくろ》んで、それは幻想ではなく、現実になることをもくろんだ人間の変革（革命家）だったわけです。

（注）右の革命のために ――――

賢治は仏の心（デクノボーになる道）を童話で書き、仏の心は、宇宙は心象風景で見たり感じたりして録すことが出来るので、それを詩として記録した。そういう現実の「人間革命家」だった。

そういう大事な賢治の核薬を、私は森荘已池氏の賢治との卑近な生前交流の話から汲みとり、また森さんもハッキリ、「賢治は霊感者だった」、「本心は革命家だった」と明言しました。

今、『宮沢賢治の霊の世界』を再刊するのは、やはり賢治の大事なポイントは、この二つだと確信しているからです。もう一つは、私が「詩人は予言者か」からスタートした、詩を声にする朗読運動と、愛で（デクノボーになって）愛の惑星に地球を変える仕事を十五年間やって、そして今、愛の心を声で発声する「リラ自然音楽」運動にたどり着きました。これは賢治の悲願デクノボーの世界（世界の人が皆ジョバンニに変わる〝皆の本当の幸福〟の世界）にする私なりの方法です。こうして、私の銀河鉄道は賢治の童話から八十年も遅れましたが、今、発車しようとしています。どこえ？……って、本当の銀河系世界へ向かいました。だって、そこが異空間（生身の人にも行ける第四次延長の世界）なのですから。賢治もそう思っていました。

★新装再版にあたり、初版の巻末にあった朗読劇シナリオ「ほんとうの愛と幸福を探して」は削除しました。

平成十三年四月十九日

桑原　啓善　記

宮沢賢治の霊の世界　目次

私見——宮沢賢治

賢治と預言

地上天国をつくる魔術師、デクノボー

Chapter I

私見——宮沢賢治

私見——宮沢賢治

「鬼神」について

「私は、ほとんど会うごとに、〈怪力乱神〉ばなしを聞かされていた」。これは直木賞作家の森荘已池氏が、その著『宮沢賢治の肖像』の中に書いている言葉である。私はこの言葉が、永い間、耳の奥にひっかかっていた。私は意を決して、盛岡市に森荘已池氏を訪ねた。それは、「鬼神」ばなしの中に、宮沢賢治の秘密を解く一切の鍵があるように思えたからである。

私は先ず持参した近著の詩集『続・つれづれのうた抄』を森氏に呈上した。森氏は手に取ってパラパラめくり、奥付を見て「これはよろしい」と言った。定価のところを指さし、「これがないと、人を悩ませます。人を悩ませることはよろしくない。……それに、その念がこちらに戻ってきますからね」と言った。私は一瞬、呆気にとられたが、その事は至極当然のことと思い「成る程」と相づちをうつと、「ホウ、判りますか」と、森氏はやや間をおいて「では、お話ししましょう。これは、まだ、誰にも話したことのない、書いたこともない事なんですがね」と前おきして、次のような意外な事実を打ち明けてくれた。

臨終の日の宮沢賢治

「賢治は何度もこの部屋に泊っていったんですよ」、森氏は私達が対座している、二階のやや古めかしい六畳間の、畳を指さして言った。その部屋には、賢治が愛用していたという、方一間のもうニスも剥げちょろけた書架が置いてあった。「臨終の日です。昭和八年九月二十一日ですね。早朝四時半か五時、賢治がこの家に来たのです。私が寝ていますと、階下の土間を人の歩く音がするのです。ゴム靴をはいて歩く音です。二度・三度も行き来するので、隣に寝ていた妻も気が付いて、てっきり泥坊だと思いましてね。私は階段を降りて、そうですね、下から三段目まで降りたところで、音はパタリと消えたのです。階下の土間には電灯がついていて、誰もいませ

賢治が度々泊った森荘已池氏宅の二階部屋と愛用の書棚
写真中央は森荘已池氏

ん。鍵はかかったままで、何事もないのです」。その時、お茶を運んで来られた森夫人が「そうなんですよ。宮沢さんは、いつもゴム靴をはいていて、歩くとゴポゴポ音がするのです。その音ですよ」。森夫人はそれが賢治の音であることを疑っていない。

その事があって間もなく、その日、賢治の死の知らせを受けた森夫妻は、賢治が臨終の日に、この家を訪れたことを、今なお信じて疑わないのである。

賢治が亡くなったのは九月二十一日の午後一時半。朝の四時半か五時というと、前夜、病中を訪ねて来た一農夫の肥料相談をうけたことで、病勢悪化し、その時は動けぬ状況で病臥していた筈である。午前十一時半、にわかに病勢あらたまり、父に、国訳法華経一〇〇〇部を作って、知友に配るよう遺言をし、あとは安心して、オキシフルで自分の手で身体を拭い、終って、一時半他界している。

そんな朝に、花巻から盛岡まで、何十キロも、森氏宅を訪ねてくる筈はない。森氏は私に「あれは、やはりレイコンですかね。……しかし、魂が音をたてるものですかね」と、真顔で尋ねた。私はその答えの代りに、「実は」と、殆んど符合する、私の体験を森氏に伝えた。

前田鐵之助の来訪

私の詩師は前田鐵之助である。私は昭和十八年から昭和五十二年まで師事していた。鐵之助は昭和五十二年十一月十八日に他界した。私はその夜、終夜、枕頭に座し通夜をした。

三日後の二十一日、故人の意志により、遺体は東大医学部の実験用に献体されることになっていた。その日は仕事の都合で私は行けないので、自宅で寝ていた。午前三時頃だったと思う。ふと詩作の衝動にかられ、寝床の上に起き上がり、暗い豆電球の下で詩作を始めた。いつものことだが私の詩作は半意識下で起るので、自分では何を書いているのか分らない。噴き上がる言葉をタイプライターを叩くように記すだけである。その時、ふと私は傍に誰か人の気配を感じた。斜め後ろを振り返ると、前田鐵之助先生が立っていた。黒髪を長く肩近くまで垂れ、黒っぽい着物を着て、袴をつけている。三十五歳くらいに見える。しかし、鐵之助が亡くなったのは八十一歳、もうすっかり老人で白髪であった。私が初めて鐵之助に会ったのは師が四十七歳の時、また、私はかつて鐵之助の着物姿など見たことはない。しかし、見た瞬間、それが鐵之助であることがすぐ分った。鐵之助は私をじっと見つめたまま、一分近くそこに立っていて、やがて消滅した。

翌朝目覚めて、私はもう一度驚いた。夜中に私が半意識下で書き記した文字は、「前田鐵之助の涙」という題で、鐵之助追悼の詩だった。この符合に私はまた驚いたのである。

それから三日後、初七日の日、私は真鶴に前田夫人を訪ねた。鐵之助の霊前に、持参した追悼の詩を捧げた後、先夜の不思議な体験を夫人に話した。夫人は言下に「あ、それは前田です」と言われ、「これをごらんなさい」と、一枚の写真を見せて下さった。それは鐵之助三十歳の時の写真で、私が見た霊姿と殆んど違わない。髪を長く垂らし、黒っぽい着物姿のものだった。夫人は更に、「前田は若い頃は、たいてい着物を着ていました」と付け加えた。その時、私も夫人も、鐵之助の死後の来訪を信じたわけである。

タブーだった鬼神ばなし

私が、賢治の来訪を理解できたように、森氏も、鐵之助の来訪が首肯できたようだった。話は、私の期待通り、鬼神ばなしに及んだ。私は、有名な〈河原坊〉や小鬼を見た話など、賢治の怪異な体験に触れ、次いで、森氏が著書に書き記している「鬼神のこと」について、いろいろただした。たとえば、花巻農学校に森氏が訪ねて行った時、賢治が窓の外を指さして「あの森の神様はあまり良くない、村人を悩まして困る」と語ったことなど、本当かときくと、「そうです。賢治はそういうものが、見えたし、聞こえたし、はっきり感じたのですね。しかし、そういう事はうっかり同僚などには話せません。それにお父さんがそれを嫌い、それを口にすることは宮沢家のきついタブーだったのです」「それを、なぜ貴方には話したのですか」「それはね、私が、農学校の生徒と同じ年頃の中学生で、しかし文学を語る仲間であり、気安さと、話せば分ってくれるという気持もあったのでしょうね。だから、賢治は私に会う時は、いつも楽しそうで、自分から進んで心の中を語りました。会えば、たいてい鬼神の話は出ましたね」。我が意を得たりと、膝を乗り出して、記憶に残る鬼神の話を洩らしてくれるよう、森氏に求めた。すると、森氏の態度は一変して、「あー、忘れた、忘れた。もう五十年も昔の事ですからね」と、照れたように笑った。私はすべてを諒解した。森氏はこれ以上、終生、鬼神の話をすることはないであろう。それは、宮沢家のタブーに対する強い配慮からである。

しかし、私が、賢治のそういう鬼神を見る超常能力を解明しなければ、賢治の文学も、羅須《らす》地人協会の仕事も、文明変革の意図も分らないのではないか、とただすと、森氏は言下に「その通りです」と答え、「賢治は革命家です」と言い切った。更に「その事は谷川徹三先生も判っていたようですが、一言も触れませんでした。言えば、自分の仕事を投げ出す程の大仕事になりますからね」。そしてこう付け加えた。「賢治には、迷った魂のようなものが、よく見えていたようです。ですが、それを口にしないのは、関係者がいるから、その人を傷つけてはいけない、だから話さないと、この部屋で私に語りました。賢治は〝瞬時といえども、人をまどわせてはいけない〟そういう強いモットーに生きた人です」。

別れの時、森氏は「清六さんを訪ねても、鬼神の話はタブーです。聞いてはいけません」と注意してくれた。

タブーに触れた

初めての、それも前ぶれもなしに訪ねた私を、令弟の宮沢清六氏は快く迎えてくれた。「これはイギリス海岸でとった、二〇〇万年前のクルミです」と、クルミの化石を一個私に下さった。これは異例の歓待かもしれない。私は賢治の分身を受ける思いでそれを受けた。

清六氏の最も印象に残った言葉は、賢治が死後どんどん有名になったのは、また、賢治のことを書く人達が、それぞれ良い仕事をして著名になるのは、「賢治があちらで一生懸命努力しているから」と、繰り返し述べたことだった。これが判る人があろうか。私には晴天の霹靂のようによく分った。清六氏も賢治と同じだ。異次元のことが分る人だ。分るだけでなく、その存在を確信していて、現実に作用を及ぼすことを、身体で知っている人だ。私は賢治が半ばそこにいるのではないかと目を疑った。

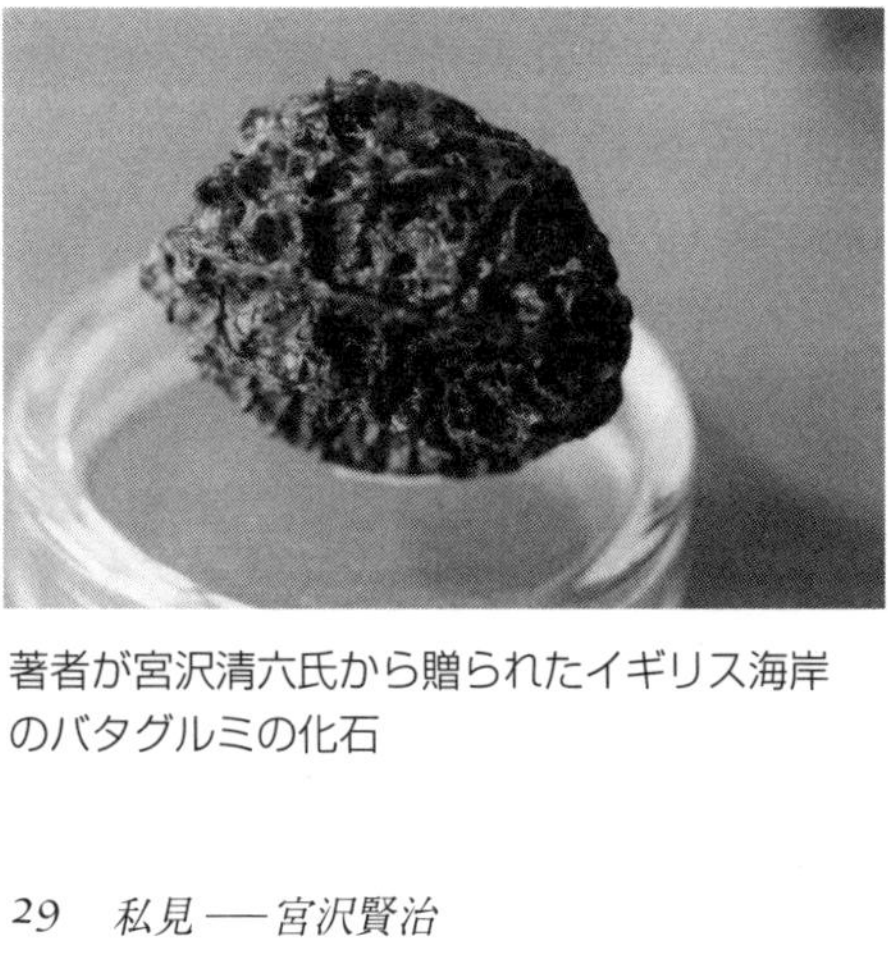

著者が宮沢清六氏から贈られたイギリス海岸のバタグルミの化石

その事に気をよくして、私はつい図に乗って、「鬼神」のことに話題を向けた。途端に、清六氏の顔がひきつり、「それはタブーですから」と語ろうとしなかった。

私は過ちを犯したのかもしれない。だが、その事がどんなに重い意味をもつか。逆に、私には、宮沢家の重いタブーが、それほどに、賢治が鬼神について多くのかかわりをもつ人間であったことを裏書きしている。そのことで賢治解明の切り口は十分であるかもしれない。

私は、宮沢家のタブーを犯すことになる。だが、その事が、賢治の天才と、その仕事のもつ世界史的な意義を明らかにする、ただ一つの通風口であることを、疑わない。

タブーに切り込む

賢治十六歳の、父宛の手紙にこう言っている。「本日霊眼氏の指導の下に静座仕り候ところ、四十分にして全身の筋肉の自動的活動を来し」と。また『雨ニモマケズ手帳』に、「調息秘術」と題し「咳、喘左の法にて直ちに之を治す」として、法華経の一節を記し、また「次の左の文にて悪しき幻想妄想尽く去る」として、同じくその一節を記している。

賢治が〈咳・喘〉や〈悪しき幻想妄想〉に悩んでいたことがこれで分る。しかし問題は、賢治がその退散法をわきまえていたことである。それは、法華経の功徳と、単純に信仰の問題として割り切ってはいけない。佐々木霊眼は、岡田虎次郎の系流をひく腹式呼吸静座法の指導者である。静座は、これをやると、「筋肉の自動的活動を来」たす者が稀にある。これは静座法に限らず、坐禅など精神統一の行では、よくある事である。何故か、一言でいうと、その人が霊媒体質であるからである。霊媒とは超常的な力に感応し易い体質、いわゆる霊に感応し易い敏感な体質である。「天才と狂人は紙一重」と言うが、天才も狂人も、ひっきょう、超常的な力に感応し易い霊媒体質である。賢治の父宛の手紙は、賢治が霊媒体質であったことを、はっきり示している。

さて、話はとぶが、天才ランボオが、十九歳で詩筆を折って、商人になりきったのは有名な話である。だが、なぜ詩筆を折ったのか、その原因が今なおはっきりしない。その理由は単純なところに隠されている。ランボオは賢治と同じ霊媒体質であった。その体質によって、ミューズと交信することが出来て天才でありえた。しかし結局はミューズに見放されたのである。彼は堕天使。彼の奔放な生活から、彼の詩の源泉であるミューズとの交信が断絶したのである。

賢治が天才でありつづけたのは、彼の純粋誠実な人格、ミューズからの魅力を十分にひきつける、賢治の柔かい魂の波動、それに天性の霊媒体質であった。

『春と修羅』でうたったもの

『春と修羅』の魅力は何か。草野心平氏に言わせると「とにかく、私にとって新鮮無類の作品群だった」。この無類の新鮮さ、ここに『春と修羅』の魅力がある。

では、その新鮮さ、魅力の源泉はいったい何か。それは、『春と修羅』が〈詩集〉ではなく〈心象スケッチ〉であるところにある。賢治は、出版屋がまちがって印刷した〈詩集〉という文字を、自分の手でブロンズ粉で消してまで、あくまでそれが〈心象スケッチ〉であることに固執した。（詩とは想像力のはたらきによる創作物。心象スケッチは、想像力のはたらきが加わらない、その瞬間・瞬間の心象のスケッチ）。ここのところに『春と修羅』が他の詩集と類を絶した特徴がある。

心象スケッチとは何か。心象とは、本来主観的なものである。だが、賢治は、その一種の客観性を主張する。『春と修羅』の〈序〉を見れば分る。

たゞたしかに記録されたこれらのけしきは

記録されたそのとほりのこのけしきで
（二行略）
（すべてがわたくしの中のみんなであるやうに
みんなのおのおののなかのすべてですから）

なぜ、賢治は心象スケッチの客観性を主張するのか。それはその心象風景は、誰にでも見える筈なのに（実際は見えていない）、しかし賢治には見えている。そういう意味においてである。「みんなに見える筈なのに（実際は見えていない）、賢治にだけは見えている」心象風景とは何か。

すべてこれらの命題は
心象や時間それ自身の性質として
第四次延長のなかで主張されます

つまり、その風景とは、〈第四次延長〉の世界の風景である。第四次延長の世界の風景だから、霊媒体質の賢治には見えていて、他の人には恐らく見えないのである。つまり、『春と修羅』の魅力は、人に見えない四次元世界の風景を、賢治の天才で、提示してみせたところにある。そこに草野心平氏の言う「新鮮無類」さや、〈賢治独特のもの〉があるのである。

さて、心象風景である賢治の〈第四次延長〉の世界とは何か。賢治が既にアインシュタインの相対性理論に通じていたことは判っている。しかし、賢治の四次元世界とは、理論の上に構築された世界ではない。賢治の天才によって、じかに見た（見えた）世界であった。それは何によってそう言えるか。賢治は『兄妹像手帳』の中のメモに

わがうち秘めし／異事の数、／〈幽界の（こ）〉／異空間／の断片

右のように記している。賢治の四次元世界・異次元世界・異空間とは、〈幽界のこと〉である。幽界とは死者達が行くと考えられる他界である。メモの〈幽界〉の箇所は棒線で抹消した跡がある。まさに「鬼神ばなし」をきついタブーとした賢治にとって、その事は〈わがうち秘めし異事の数〉であった。

『春と修羅』には、他界、四次元エーテル的世界が、現実の世界と二重にダブリながらしばしば出てくる。

草地の黄金をすぎてくるもの

ことなくひとのかたちのもの
けらをまとひおれを見るその農夫
ほんたうにおれが見えるのか

農夫は、いわば幻姿、霊姿である。賢治にはよく見えている。しかし、お前からは俺が見えるのか、と農夫に問いかけている。このような幻姿・霊姿の人物は、他の作品にもぞくぞく出てくる。たとえば〈真空溶媒〉の、「りつぱな硝子のわかもの」「鼻のあかい灰いろの紳士」「うまぐらゐあるまつ白な犬」「画かきどもの幽霊」等々。

人物だけでなく、他界の風景そのものが叙述されることもある。たとえば、妹トシの死を追って出た旅の作品〈青森挽歌〉の中で

やがてはそれがおのづから研かれた
天の瑠璃の地面と知つてこころわななき
紐になつてながれるそらの楽音
また瓔珞やあやしいうすものをつけ

移らずしかもしづかにゆききする
巨きなすあしの生物たち

これはなんと『銀河鉄道の夜』の沿線の風景と通じているではないか。吉本隆明氏は『銀河鉄道の夜』は、この世と死後の世界の架け橋を渡って、戻って来た話を書いた珍らしい作品、と解している。とすれば、そこにあるのは他界の風景である。ただ吉本氏は、他界を、賢治の仏教的・ユートピア的観念の世界と考えている。この点、栗谷川虹氏は、その著『見者の文学』の中で、賢治は「理性を超える世界の実在を信じ」「〈他界〉……がその実在は、賢治にとって疑いようのない事実であり」と書いている。私もこれに同意する。それだけでなく、他界は、賢治にとり見えている世界であった。もっと正確に言えば「誰にでも見える筈なのに（実際は見えていない）賢治には見えている世界」であった。

なぜ、そういうことが言えるのか。それはもう一度、『春と修羅』の〈序〉を見れば分る。

自我について

賢治にとって人間とは、

わたくしといふ現象は
仮定された有機交流電燈の
ひとつの青い照明です
（あらゆる透明な幽霊の複合体）

自我とは単一なものでなく、〈幽霊の複合体〉である。しかし、決して主体性を失ったものでなく

いかにもたしかにともりつづける
因果交流電燈の
ひとつの青い照明です

自我とは、〈幽霊〉つまり他者達との複合体でありながら、しかし、その統一原理として厳然

と灯りつづける主体なのである。賢治は、このことを、じぶんじしんの実感でとらえていたのである。ランボオが「吾れは他者」と言ったのもこの意味である。天才には、自我についての、このたしかな実感がある。デカルトの近代的自我は、ここでは否定される。

さて、他界が「誰にでも見える筈なのに（実際は見えていない）賢治には見えている世界」とはどういうことか。〈幽霊の複合体〉の幽霊とは、賢治にとり、ミューズ、ないしミューズ達である。賢治はミューズとの交信を通じて、他界を心象として受信する、それを彼はただスケッチする。だから〈せはしくせはしく明滅しながら／いかにもたしかにともりつづける／因果交流電燈の／ひとつの青い照明〉なのである。そして、人間とは皆そういうものだから、他界は「誰にでも見える筈なのに」遺憾ながら目下その目が閉じられているので見えない。天才の賢治には「見えている」世界なのである。

『春と修羅』は、他の詩集と類を絶した「新鮮無類」の詩集である。その根拠は、賢治の天才によって受信された他界・異次元世界と、賢治の肉眼で見た現実世界との、二重映しの全く新しい世界像が、われわれの前に提示されているからである。

ではなぜ、賢治は、このような〈心象スケッチ〉を提示したのだろうか。それは、これこそが、しんじつの実在、世界像だからである。そしてこのことが、賢治がやがてこの世で、しんじつに志していた事業を遂行する、出発点となるからである。彼は、『春と修羅』を〈詩集〉とせず〈心象スケッチ〉と呼んだ。それだけでなく、ひそかに家人に「これは自分の学位論文だ」と洩らしていた。その意味は、賢治が大正十四年冬、森佐一（森荘已池氏の本名）に宛てた書翰にはっきり示されている。これは賢治が、『春と修羅』について自ら解説した唯一の記録である。（注…本稿執筆後、岩波茂雄宛書翰の存在を知り、「唯一の記録」でないことが判明。本書の後記を参照。）

〈「春と修羅」……これらはみんな到底詩ではありません。……或る心理学的な仕事の仕度に、正統な勉強の許されない間、境遇の許す限り、機会のある度毎に、いろいろな条件の下で書き取って置く、ほんの粗硬な心象のスケッチでしかありません。私はあの無謀な「春と修羅」に於て、序文の考を主張し、歴史や宗教の位置を全く変換しようと企画し、……〉

これで分るように、『春と修羅』は、賢治にとって単なる文芸書ではない。〈或る心理学的な仕事〉たとえば、「吾れは他者」である自我の解明、また〈歴史や宗教の位置を全く変換〉する、いわゆる文明変革の事業の、素材であったのである。

賢治が他界を認めた根拠

森荘已池氏は、「鬼神のこと」の記事の末尾に、こう記している。〈時々宮沢さんが言った言葉の中に、「私達の官感で感じられ、それを記帳できる科学の範囲というものは実にはっきりしていましてねえ、耳であろうが、目であろうが、まるでたよりにならないものなんですよ。然し、科学というものは官感を信じるよりほかにないのですし、またそれを信じなければならんのですねえ」……このことは、宮沢賢治氏の作品の謎を解く、ひとつの重要な鍵であると思う〉と。

賢治じしんも『兄妹像手帳』のメモに、「唯物論ニ与シ得ザル諸点」と題して「唯物論要ハ人類ノ感官ニヨリテ立ツ。人類の感官ノミ」と記している。

これらをもってみるに、賢治は、近代科学にはっきり限界を認めていたことが分る。しかし、他方、賢治は自分が詩人であるより科学者であることを自認していた。にも拘らず、この二つは矛盾しない。

賢治の視力は、唯物的な近代科学の枠を超えて、異空間を含む、はるかな未来の科学への展望をはかっていた。であればこそ、森佐一への手紙にある通り『春と修羅』は〈或る心理学的な仕事の仕度〉であり、また〈歴史や宗教の位置を全く変換〉する、文明変革への展開をもつのである。つまり、唯物的な基礎に立つ、近代科学を含む近代文明全般の転換、そこまで賢治の視野はとどいていた。その根底は、賢治が物理的空間を超える、実在への視力をもっていた、その「天才性」に根ざす。

過日、清六氏に会った時、清六氏は「終戦前に、高村光太郎先生が、私宅に疎開して来られて、賢治は二十年早く生まれ過ぎたと云われたが、私は五十年早すぎたと思っていますよ」と語った。私が「いえ、私は百年早かったと思います」と告げると、清六氏は一瞬「ホウ」と目を丸くした。賢治の視力が見た、異空間と滲透しあった世界像が認められる時は、未だ来ていない。

一般に、賢治の文学や仕事の根底に、法華経、なかんずく国柱会の影響があると言われる。私も、それを否定するものではない。しかし、本当は逆なのである。賢治の視力が見た異次元世界の秩序に、法華経、なかんずく国柱会の教えが最も近かった。それ故に熱心な信奉者となったのである。

でなくて、どうして賢治は『農民芸術概論綱要』の中で、〈宗教は疲れて近代科学に置換され然も科学は冷く暗い〉と、宗教と科学を否定するような言葉を書いたのであろう。賢治の新鮮な目からは、すべての既存の宗教や科学は欠けたものに見えた。ただ法華経にのみ、自己の見たものと通じるものを感じたのである。賢治の住む銀河系宇宙とは、外的空間と、内的・いわば無際次元異空間が、滲透しあった、無辺の宇宙空間である。

他界を写しとった手法

花巻農学校の教え子の一人安藤寛氏はこう伝えている。

「突然先生はしゃがんでレールに耳を当てたり電柱をうって音を聞いたり、立ちどまって遠くきらめく花巻の町の灯を眺めたり、一行から遅れてしまわれたので、私たちは立ちどまって追いつくのを待ち、星明りで手帳に書き込む様子を一々せんさくしたりしたのでしたが、先生の詩作のインスピレーションとわかって邪魔せぬようそろそろ進むことにした。追い付いた先生は一寸弁解などされ、又暗闇の中にどんどん歩いて先に行かれた。追いついてみると、手帳の上にすばらしい速度で書き込まれて居られた。」

これをもってみると、賢治の手法は、いわゆるインスピレーションで書く手法であったらしい。賢治は「歩行する詩人」と云われる。常に手帳を携えていたのは、インスピレーションの発作に備えるためであったらしい。このことを令弟清六氏にただしたら、「そんなことはありませんよ。それは一部の人達が言いふらしたことで、たいていは机に向かって書いていました」。私には、賢治が歩行して書いたか、坐って書いたかは、さして問題ではない。要はその手法である。

また、教え子の一人長坂俊雄氏（旧姓川村）はこう伝える。

「実習で農場へ行く時など、私達は一列になって行くのですが、賢治先生は、いつもゆっくり歩いていました。でもそれが、突如として早くなることがあるのです。ときには小走りになってしまいます。そして、急に立ち止まって、ぴょんと飛び上るのです。飛び上りながら身体を一廻転させて、こっちを向いて「ほ、ほう！」と叫ぶのです。叫んで、いつでも首からぶら下げているシャープペンシルをとり、素早くポケットから手帳を出して、何かを書く。目にもとまらないスピードで、他人には即座には識別も出来ないような文字で書く。」

（畑山博著『わが心の宮沢賢治』より）

畑山博氏は、この後にこう書いている。〈どこか知らない天空の一点からくるとしか言いようのない詩の言葉の、賢治もまた数少ない受信者の一人だった〉と。

長坂氏の言葉の中にある、賢治がぴょんと飛び上がって、こっちを向いて「ほ、ほう！」と叫んで、急に書き始めた、というのは、霊媒が憑霊時に示す人格転換に似ている。だから畑山氏の「どこか天空の一点から来る、詩の言葉の、受信者だった」、という見方は首肯できる。いわゆるミューズからの受信の実況である。

森荘已池氏にこれらのことをただすと、「詩は溢れるのが早くて、書くのが遅くて困った」としながら、「時には、考えこむようにしながら、突然〈アッ、分った〉と叫ぶと、またすごいスピードで書き出した」と話してくれた。

ミューズからの受信は、受信者の状況によって一時中断することがある。右は、その中断の状況を示すものである。これらをもってするとき、賢治の手法がインスピレーション手法、つまり、自意識による創作ではなく、いわゆるミューズともいえるものからの受信だったことが分る。

賢治じしんも、このことを示す記録を幾つも残している。

〈われはなし、……ペンと名づくるものを動かすものはもとよりわれにはあらず。〉

（大正八・保阪嘉内宛の書翰）

（『農民芸術概論綱要』）

〈無意識部から溢れるものでなければ多く無力か詐偽である。〉

賢治の手法は、無意識下で行われ、その猛スピードの筆記は、他者の意志によって進められていたことが分る。私はその他者をかりにミューズと名付ける。

さて、そうだとするなら、〈心象スケッチ〉とは、いったい何だったのか。それは、賢治が見たもののスケッチではないのである。賢治の内部に、瞬時に明滅する心象は、他者・ミューズからの通信である。つまり、ミューズが見たものの写しが〈心象スケッチ〉の内容をなしている。四次元と現界が二重うつしになった心象風景は、ミューズの視点からのそれであった。賢治が『春と修羅』で提示した世界像は、人間の目を超える位置からの世界像の顕示だった、と言うべきである。故に、その作品のキラメキと独創は、当然であり、また、光が消えることはないのである。

無意識下の自動記述というと、シュルレアリスムの手法に一致する。ただ、シュルレアリスムが自己の意図によって無意識になるのに対し、賢治の場合は、他動的に無意識になる点が違っている。他者の誘導によって、無意識にならねば、他者の声は聞けない。ブルトンやスーポーらは意図的に実験によって、自動記述に成功したが、それはフロイトの理論に従う通り、人間の潜在意識の顕在化に成功しただけである。

天来の声を聞くには条件がある。第一に他者に感応しやすい霊媒的体質である。シュルレアリストを志す者が、必ずしも自動記述に成功しないのは、この体質を欠いているからである。第二に、それが秀れた巧みな作品であるためには、詩人本人の芸術的天分が物を云う。通信者ミューズの品等と、受信者詩人の天分は相関関係にある。第三に、その作品のもつ内的感動、精神的な深さや高さは、詩人の品格に左右される。これも、通信者ミューズの品格と、受信者のそれが相関関係にあるからである。

前二条件を具える者は、既にして天才。三条件をもつ者は不世出の天才と称すべきか。ランボオは惜しむらくは、第三の条件を欠いていた。彼は、見者（千里眼ないし覚者）を志しながら、ついに詩筆を折った。彼は千里眼から覚者になることが出来なかった。彼の奔放な生活が、至高のミューズとの綱を切断してしまったのである。

賢治は、その点、前二条件に加えて、第三の条件も具えていた。一種の覚者であり、至高のミューズとの連携を終生保った。それだけでなく、覚者として、自から異次元世界を見透す視力を具えていたように思える。あの童話の世界に光る目は、どうみても、覚者の見る目としか言いようがないのである。

他界の法則をテーマにした童話

げにも、かの天にありて濛々たる星雲
地にありてはあいまいたるばけ物律
これはこれ宇宙を支配す

これは童話『ペンネンネンネンネン・ネネムの伝記』の中の、フゥフィーボー博士の言葉である。一般に『ネネムの伝記』は『グスコーブドリの伝記』の母胎とされる。反対に、両者は全く別の物語とする説もある。私には、両者の成立過程についての論争はどうでもよろしい。

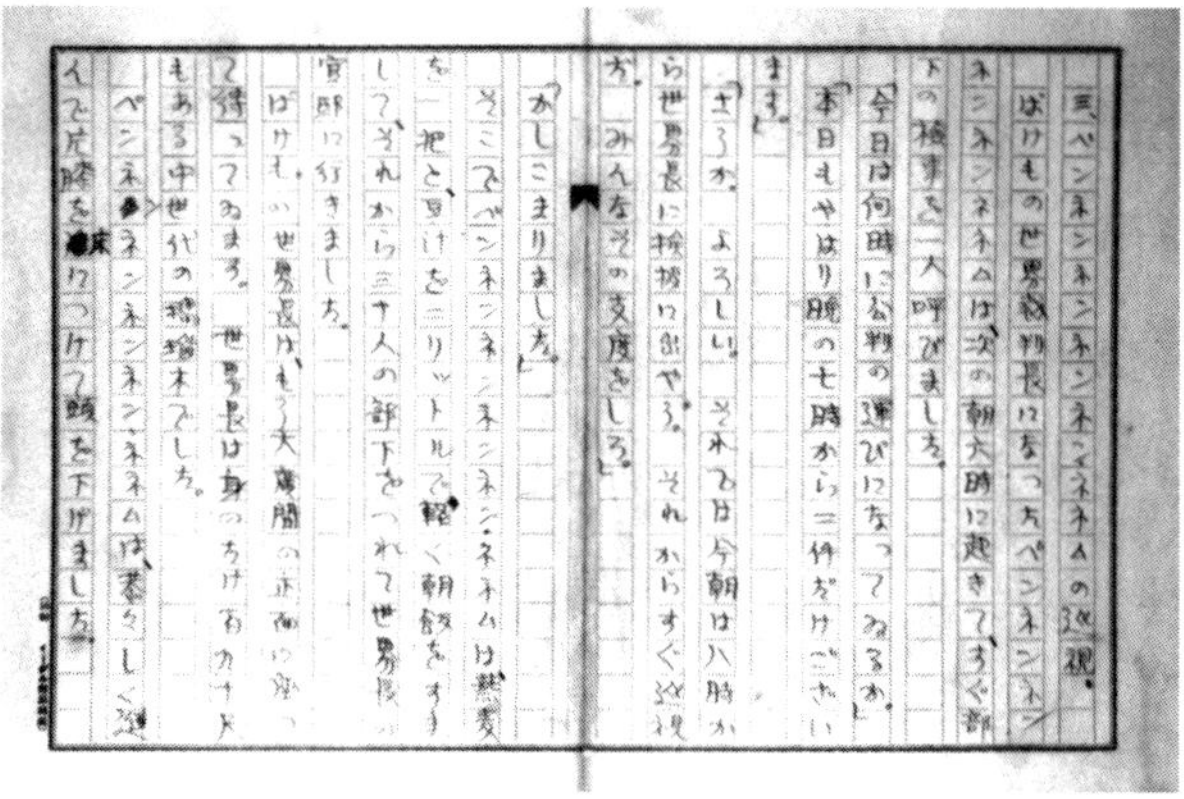

「ペンネンネンネンネン・ネネムの伝記」の原稿

この両者は、同じ人生航路をもった同一人物が、一人は地上律に生き、他が天上律に生きたらどうなるか、賢治はそれを書いたのである。フゥフィーボー博士の〈ばけ物律〉とは地上律であり、〈濛々たる星雲〉とは、未だ地上では明らかにされていない天上律を指す。

ネネムは地上律に生きる。飢餓で両親を失い、苦労して学問をおさめ、その力によって、ばけもの世界の名裁判長となった彼は、慢心して、ついに〈ばけもの律〉を犯す。即ち、ばけものが人間世界に足を踏み出してはいけない「出現罪」を犯す。その掟により、ネネムの出世は元の木阿彌に帰す。

地上の現実はこの通りではないか。学問も財力も武力も、ただ己れのために使う。その結果は自滅である。歴史はそのあくなき繰り返しである。ネネムはこの地上律を生きてみせた。しかし、〈ばけもの律〉の最たる「出現罪」とは何か。これこそ地上の最大のタブーである。ばけものが人間世界に足を踏み出してはいけないように、人間は、他界に足を踏み出した者は、必ず地上から葬られる。その地位も名誉も権威も失ってしまうのである。彼は地上を支配する「エゴ」と「力」の支配する地上律を否定する天上律をもたらす者となるからである。地上にとって最も危険な人物を葬るための地上律こそ、ほんとうの〈ばけもの律〉ではなかろうか。

賢治もそのことを怖れた。それは自分が地位や財産を失うからでなく、賢治が、いま地上にもたらそうとしている天上律が、否定ないし無視されてしまうからである。だから、賢治は、幽界ないし他界を〈異空間〉とか〈四次元世界〉と呼び、他界についての見聞を〈幻想〉〈幻聴〉〈心象〉と呼んでカモフラージュした。彼が他界に足を踏み出した者であることを、カモフラージュするためである。そのため、今なお、賢治の作品は、単に文芸としての視点からのみ見られ、彼が〈ばけもの律〉を犯して、他界に足を踏み入れた、地上にとり最も恐るべき人間である点が解明されていない。

『グスコーブドリの伝記』は、ネネムが、もし天上律によって生きたらどうなるか、を描いたものである。ネネムと同じような青少年期をもったブドリは、クーボー博士から学んだ科学を、農民を救うために使う。最後は、冷夏を救うため、一身を犠牲にして、カルボナード火山島を爆発させ豊作をもたらす。ここにあるのは〈自己犠牲による他者への献身〉。これが、賢治が他界を見透すことによって知った天上律である。

生存罪について

賢治が、この天上律に至る過程で、その前に横たわっていたのが、「生存罪」の問題であった。

〈私は春から生物のからだを食ふのをやめました。……食はれるさかながもし私のうしろに居て見てゐたら何と思ふでしようか。……もし又私がさかなで私も食はれ私の父も食はれ私の母も食はれ私の妹も食はれてゐるとする。……私は前にさかなだったことがあって食はれたにちがひありません。〉

（大正七・保阪嘉内宛の書翰）

この生きるために誰しも負う「原罪」に実に賢治は苦しんだ。この超克を書いたのが『よだかの星』である。その醜さによって鳥類のつまはじきものであった〈よだか〉は、ついに、鷹から名前を変えろと強要され、とても実行不可能な難題を吹きかけられる。「明朝までにしないと殺す」と迫られ、よだかは「それは無理、そんな事する位なら、死んだ方がまし、今すぐ殺してくれ」と、生をあきらめる。それから大空に舞い上がって飛ぶと、口から羽虫や甲虫がとび込んでもがき苦しむ。この時、初めてよだかは他者の痛み、つまり他者を殺して自分が生きる「生存罪」に気付く。そして「僕はもう虫をたべないで餓ゑて死なう」と生を断念する。それから日や星に向かって飛びつづけ「どうか私をあなたの所へ連れて行って下さい。灼けて死んでもかまいません」と、再三、生の断念を繰り返す。するといつか、よだかは鷹に変身しており、ついには〈燐の火のやうな青い美しい光〉を放ち〈今でもまだ燃えつづける〉「よだかの星」となるのである。

賢治において、「生存罪」は、生の断念によって、自浄作用を起し、自己の変革と浄化を遂げる。そのための前提が、自己の死の苦しみによって知る他者の死の苦しみである。その時、自己と他者が同じ一つの生命であることの、いのちへの愛が芽生える。この愛によって「僕はもう虫を食べないで餓ゑて死なう」という、生の断念に至るのである。

賢治において、生存罪という「原罪」の解消は、キリストや弥陀のような仲保者を必要としない。いのちへの愛が芽生えて生を断念する時、人間の内にそなわる自浄作用によって、原罪は解消される。賢治が、浄土真宗に強く背を向けた一端の理由はここにある。

生の断念が、他者への献身と結び付く時、それは革命の原理となる。つまり〈自己犠牲による他者への献身〉が、グスコーブドリの生きた天上律であった。ブドリは身をもってカルボナード火山島を爆発させた。その時、冷夏は豊作に変わり、農民の世界に一種の変革をもたらした。このように天上律は、常に生の断念を下敷きにしている。それは生の断念が自己浄化をもたらすだけでなく、これが他者への献身と結び付くとき、世界変革の要因をはらむからである。何となれば、他者への献身により、元々一つであった自他のいのちが融け合い、世界と他者を自己に変えるからである。

『よだかの星』と同じ頃書かれた『カイロ団長』、その少し前に書かれた『双子の星』、この二つは〈他者への献身〉をとり扱っている。後者では、傷ついた悪い蝎を、双子の童子が自己を犠牲にして助けたら、蝎が「私は、貴方がたの髪の毛一本にも及びません。きっと心を改めてこのお詫びをします」と、自己を変革させる。その時、稲妻が来て、童子を救い、また蝎も王様から薬を貰ってよくなる。他者への献身が、他者を変革し、自他を救うのである。また『カイロ団長』も、生の断念が、他者へのいたわりを生み、そのいたわりが相手を変革させる物語である。

賢治においては、〈自己犠牲による他者への献身〉が、至上の天上律であるだけでなく、人間と世界を変える革命の原理となる。

『銀河鉄道の夜』

『銀河鉄道の夜』は、賢治の『春と修羅』から童話につながる、賢治のいわゆる「学位論文」の最後に位置するものである。何となれば、〈自己犠牲による他者への献身〉という天上律が、単に、彼の信仰や哲学でなく、たしかに他界の法則であることを、スクリーンに映し出してみせるからである。また、それが世界変革の原理であることを、変革のエネルギーを提示することによって、証明してみせるからである。

『注文の多い料理店』広告文の中に、彼はこう書いている。これは彼の童話ぜんたいに当てはまる言葉である。

〈これらは決して偽でも仮空でも窃盗でもない、……たしかにこの通りその時心象の中に現はれたものである。どんなに馬鹿げていても、難解でも必ず心の深部に於て万人の共通である。卑怯な成人たちに畢竟《ひっきょう》不可解な丈である。〉

賢治の心象の中に現われたもの、それは、覚者とも言える彼の視力で映し出された他界の風景である。銀河鉄道は、吉本隆明氏の言うように、他界の風景の中を走る列車である。

ここでは、天上律がすみずみまで支配している。だから、他者のために献身しない者、つまり自己のために他者を傷つける者は、永久に、天上へ向かうこの上り列車の中では、途中下車者である。

不意に列車に現われた鳥捕りが、ジョバンニとカムパネルラに「どうです、少しおあがりなさい」と、雁をさし出す。見るとチョコレートのようで、食べるとチョコレートよりおいしかった。「こいつは鳥じゃない。ただのお菓子でせう」とカムパネルラが云うと、鳥捕りは、大あわてで途中下車してしまった。外を見ると、鳥捕りはもう銀河の川原で、鷺を捕えては、押し葉のようにして袋の中に入れている。生き物の鳥を捕えて、菓子のようにして売る鳥捕りは、カムパネルラに「こいつは鳥じゃない。ただのお菓子」だと不意をつかれて、誰もがもっている生存罪の鏡で照射される。その痛みが理解できない鳥捕りはいつまでも途中下車者である。そんな鳥捕りに、ジョバンニはわけもわからず気の毒でたまらなくなるのだった。

それから、列車の中に一人の青年と連れの女の子と幼い弟が出現する。三人は、昨日、船が氷山にぶっつかって沈んだのだった。青年は教え子の二人を救命ボートに乗せようとしたが、もっと幼い子供達がいるので、押しのけることが出来ず、三人一緒に沈んでしまった。彼等はやがて、サウザンクロス駅で下車する。そこは天上への入口で、光り輝く十字架の前で列車は停まる。「ハルレヤ、ハルレヤ」。皆の声とさわやかな遠くからのラッパの響きの中を三人は下車して行く。

それから、銀河列車はどんどん進んで、とうとうきれいな野原のところに来る。そこはほんとうの天上で、カムパネルラの死んだお母さんがいる処だった。すると、不意にカムパネルラが消滅する。ジョバンニが列車の中に一人とり残されてしまった。

だが、カムパネルラが、ほんとうの天上に下車するためには、自己犠牲による他者への献身を、幸いなこととして納得する時間が必要だった。

サウザンクロス駅に着く少し前、列車の窓から、赤く美しく燃える火が見えた。それは〈蝎の火〉で、或る日いたちに追われた蝎が、井戸に落ちて溺れかかり、初めて生存罪に気付いて、いたちに食われてやればよかった、この次は皆の幸いのために献身したいと祈る。こうして燃える火となったものだった。

ジョバンニもカムパネルラも、それを見て、「皆の幸福のためなら、何べんでも身を灼いていい」と語り合う。だが、ジョバンニが「けれども、本当のさいはひは一体何だらう」と言うと、カムパネルラは「ぼくわからない」とぼんやりつぶやいてしまう。

それから、列車がいよいよほんとうの天上に近づく少し前、天の川の一角に、真暗な孔が見える。底がまるでないような暗さのその孔は、〈石炭袋〉だった。ジョバンニが恐れず、「僕はもうあんな大きな暗《やみ》の中だってこはくない。きっとみんなのほんたうのさいはひを探しに行く」と云うと、漸くカムパネルラも元気を出して「あゝきっと行くよ」とキッパリ答える。こうして列車は本当の天上に着き、カムパネルラは消滅する。

ジョバンニは目をひらいて、丘の草の中に眠っていたことに気付く。町へ降りて行くと、皆が騒いでいて、カムパネルラが川で溺れたのだという。舟遊びをしていたいじめっ子のザネリが溺れるのを見て、川にとびこんで、彼を助けあげた後、溺死したのだった。ジョバンニは銀河列車に乗っていたカムパネルラは、死んでしまっていたカムパネルラだったことに気付く。だとすると、あれは死後の世界を走る列車だ。

カムパネルラが、「本当のさいはひとは何だろう」という問いに、口ごもって「ぼくわからない」と答えたのは、自分が見事にザネリのために死ぬことは出来たけど、残された人達やお母さんの涙を思い出して、答えられなかったのだ。しかし、最後にきっぱり、空の孔の石炭袋も恐れないで、本当のみんなの幸いを探しに行く決断を、ジョバンニと一緒にもった時、見事に列車は天上に到達したのだった。

他界の序列は、〈他者のための献身〉という天上律で定められている。身を挺してザネリを救ったカムパネルラ、その次は、救命ボートの席を幼い子供達のためにあきらめた青年達、鳥捕りは自分のために鳥を捕え永久にさまよえる人。そしてジョバンニは空の石炭袋さえも初めから恐れなかった、天上律を生きる、いわば賢治の理想像。だからジョバンニは、肉身のまま他界列車に乗り〈天上どころじゃない、どこでも勝手にあるける通行券〉を持たされていた。

なぜ、他界の序列は〈他者への献身〉の度合いによって決められるのか。それは、人間の幸福は、自己犠牲による他者への献身でなければ決して得られない、そういう哲学で、この天上律が出来ているからである。

宮沢賢治は、そのことを知っていたので、あの〈青森挽歌〉の悲唱を書いたのだった。最愛の妹トシを尋ねて、北海道から樺太までさまよったあの旅は、現界から他界へ潜入した、いわば銀河鉄道の旅だった。あの中で、ついに賢治は他界を発見する。彼の視力で、天上と低い二つの他界の姿を画いてみせる。そして、トシが今そのどちらに行くのかで懊悩する。だが、賢治は最後に、こう歌わざるを得なかった。

すべてあるがごとくにあり
かゞやくごとくにかがやくもの
おまへの武器やあらゆるものは
おまへにくらくおそろしく
まことはたのしくあかるいのだ

これは、存在の肯定を告白したものだ。人を傷つけるためにもっている自分の武器やいろいろのものは、却って自分の運命を傷つける暗いものだ、（そのため、トシが、かりに他界の暗いところへ行ったとしても）本当はそれが天上律を知り、本当のさいわいに至るための、一つしかない通り道、そうであることが、いつかたしかに判る。

なぜ、そう言い切らねばならなかったのか。それは、賢治が本当の幸福の原理を、たしかに、知っていたからだ。賢治は次に、こう、他界からの声のようなものを聞く。

《みんなむかしからのきやうだいなのだから
けつしてひとりをいのつてはいけない》

かりに、人がひとりの幸福を祈ったとしても、自分を傷つけることになる。それは〈みんなむかしからのきやうだいなのだから〉。他者を傷つける者は、同じいのちの自己を傷つけるものであり、他者のための自分のいのちを賭けて助ける者は、同じ一つのいのちである自分のいのちを最も救う者である。賢治の心の奥には、つねに強く、いのちの一体感があった。

〈新たな時代は世界が一の意識になり生物となる方向にある〉

（『農民芸術概論綱要』）

この一体感が、どんな運命をも肯定する、大きな存在の肯定につながる。どんないのちも〈みんなむかしからのきやうだいなのだから〉、みんなが他者のためいのるとき、つながりにおいて必ず皆が幸福になる。逆に、じぶんひとりを祈るとき、そこから誰の幸福も生まれてはこない。賢治はこのほんとうの幸福の原理を知っていたので、涙をこらえて〈挽歌〉の終りでこう歌う。

あいつがなくなつてからあとのよるひる
わたくしはただの一どたりと
あいつだけがいいとこに行けばいいと
さういのりはしなかつたとおもひます

まことに、賢治においては〈世界がぜんたい幸福にならないうちは個人の幸福はあり得ない〉は、皆を幸福に導く天上律であり、そしてそうした者だけが、より高い天上の世界に入る他界の仕組みは、存在のしんじつの姿であったのである。

思想はエネルギーである

他者への献身が、ほんとうの幸福の原理であることを賢治は言った。また、それが他界を貫く法則であることを言った。しかし、それは現実の世界ではどうであろうか。それがやはり現実の世界の法則であるためには、これを可能にするエネルギーが実在しなければならない。

吉本隆明氏は『宮沢賢治論』の中で、〈彼はこの折の北海道地方への旅行報告には「物質と言ひエネルギーと言ひすべて思想ならざるものあらんや」という壮烈な宣言を記しております〉と、注目すべきことを、一言述べている。これはやはり驚くべきことである。この逆が真であるとすれば、思想はまた物やエネルギーでなければならぬ。

賢治は『銀河鉄道の夜』の初期形の中で記している。「ここらはまるで約束がちがうからな」「規則さへさうならば、ひかりがお菓子になることもあるので」と。エネルギー不滅の法則からすれば、理論的にはそういうことが云える。しかし現実の世界では、すぐそうなるわけではない。

しかし他界では、その事が日常のルールとして当り前のことになっているのである。

『銀河鉄道の夜』の中で、鳥捕りが不意に列車に出現した時、ジョバンニが、どうしてここへいっぺんに来たのか、ときくと、鳥捕りは「どうしてって、来ようとしたから来たんです」と答えた。その通り、彼は何度も不意に消えたり、また出現したりした。それは鳥捕りだけでなく、この他界列車では、生きているジョバンニを除いて、カムパネルラも、青年達三人も、車掌も、灯台看手も、みんな不意に出現したり消えたりした。ここでは、思想がエネルギーとなっている。

また、銀河鉄道じたいも「ここの汽車は、スティームや電気でうごいてゐない。ただうごくやうにきまってゐるからうごいてゐるのだ」。動くようにきめているものは、何か大きな意志、思想である。ここでは、思想がスティームや電気に代るエネルギーそのものである。

また、物の生産も、それを産み出そうとする何か意志が、それを作り出しているのだ。「この辺ではもちろん農業はいたしますけれども、大ていひとりでにいいものができるやうな約束になって居ります。……自分の望む種子さへ播けばひとりでにどんどんできます」。

思想というものは、他界だけでなく、われわれ現実の世界でも、それによって生活がなりたっている。とすれば、賢治はその思想がエネルギーであることの、破天荒の発見をしているのではなかろうか。

『注文の多い料理店』の広告文で、彼ははっきり宣言している。〈これは正しいもの、種子を有し、その美しい発芽を待つものである。而も決して既成の疲れた宗教や、道徳の残滓を色あせた仮面によって純真な心意の所有者たちに欺き与へんとするものではない〉〈これらは新しい、よりよい世界の構成材料を提供しやうとはする。けれどもそれは全く、作者に未知な絶えざる驚異に値する世界自身の発展であって、決して畸形に捏ねあげられた煤色のユートピアではない〉と。

この言葉にいつわりがなければ、思想のエネルギーは、仮空の話でなく、賢治の天才の目がひそかにとらえて示した、実在の風景ではなかろうか。吾々の世界では、物を作り動かすエネルギーは、物理的なエネルギーであるとの諒解の上で生活している。そこで、結局は、交換という平和的ルールの他は、奪い、欺し、抑圧し、殺す、という暴力の原理がまかり通ってしまう。しかし、思想がエネルギーであるとすれば、暴力はもはやなんらエネルギーではない。ペンネンネンネンネン・ネネムのばけもの律でみた通り、それは喪失と破滅の思想の変形にすぎない。巨視的に見れば、人間の歴史は、喪失と破滅の思想の変形である暴力を、唯一のエネルギーと思いこんで、愚行を繰り返してきた、ばけものの歴史にすぎない。

実在を、世界と滲透し合っている現実界を、その世界像を通じて、作用しているエネルギーは、賢治が提示している思想のエネルギーの外に存在しないのではないか。ヨハネ伝に「太初《はじめ》に言《ことば》あり、言は神とともにあり、言は神なりき」と。また、仏教経典の始源である釈迦の言葉をとどめた『法句経』の巻頭の言葉は「諸事意を以て先とし、意を主とし、意より成る」である。賢治は同じものを、その目で、風景として見て『銀河鉄道の夜』に記録したにちがいない。

そこで、〈けっしてひとりをいのってはいけない〉ことが、幸福の原理であるためには、ひとりを祈った者が、幸福を失わされるエネルギーが存在しなければならない。それこそ思想のエネルギーである。同じように、〈自己犠牲による他者への献身〉が、他界と地上を貫く至上律であるためには、この無私の献身者が、救われ、かつ、他者と世界を変革させる、現実のエネルギーが存在しなければならない。賢治はそれを思想のエネルギーとした。

何となれば、生の断念によって、自浄作用で自己が変革し、いのちへの愛が芽生え、その愛によって他者が変革し、人間たちの変革によってはじめて世界が変革を遂げるからである。

賢治は、暴力がエネルギーであると思いこんできた人間の幻想に、覚醒を与えるために、一時地上に在った天使かもしれない。そして、思想は、この天使が提示した、新しい、そして唯一の、天も地も動かすエネルギーなのである。地上が、ばけもの世界からたしかな四次元滲透の世界へ変革するために。
賢治は〈生徒諸君に寄せる〉の中で、こううたった。

新たな詩人よ
嵐から雲から光から
新たな透明なエネルギーを得て
人と地球にとるべき形を暗示せよ

羅須地人協会の跡地に立つ

〈雨ニモマケズ〉の詩碑がある下根子の、羅須地人協会の跡地に立って、私は驚いた。その次にはとび上がった。予想もしなかった、この土地のもつ清々とした明るさにである。ここには空へ突き抜けたものを感じさせる人間の聖地の感がある。

「雨ニモマケズ」の詩碑の建つ羅須地人協会跡地（著者撮影）

（ここで、誰かが何かをした。それも非常に重大な事をである。そして私は清六氏の言葉を思い浮かべる「賢治は、あちらで今も努力していますから」。そうだ、今も誰かが、何かをやっている）。

私はこの土地から受けた感覚で、賢治の仕事が異常なものであった全貌が初めて会得できた。それで「私見 ― 宮沢賢治」を書いておくつもりになった。

羅須地人協会の仕事は失敗であったとみる説がある。いったい、何が、どのように、なぜ、失敗であったのか。武者小路のように新しい村を作ろうとして作れなかったではないか。経済の仕組みにうとくイデオロギーを欠いていたので、農民の貧困を救えなかったではないか。逃げ帰れる場をもった金持の息子の幻想。理想主義の敗北、等々。

そのいちいちは尤もである。三年間の地人協会の仕事と時点に関する限りでは。だが、なぜ、賢治の仕事をそんな限られた枠の中に押しこめてしまうのか、まるで死体を棺の中に入れて、釘でフタを打ちつけるように。

賢治の仕事は、文学と地人協会の仕事と信仰とが結んで、空を突き抜けたあたりで、そのいちいちが計量される、そういう仕方でなければとても計りきれるものではない。

「酒を飲まず、煙草を喫わず、カカアをもたず」、寒中も井戸端で身体を拭い、凍った飯を金槌で割って食らい、無料で肥料設計に応じ、そして、農民とその子弟を集めて、農業と芸術の一体化による新しい村と農民をつくり出そうとした地人協会の仕事はよく知られている。これは病気で挫折し

復元された羅須地人協会〈花巻農学校敷地内〉(著者撮影)

たから、その限りにおいては失敗である。

森荘已池氏が「ここに賢治が何度も泊っていった」という部屋に、今も賢治愛用の方一間の書架を置いている。あれは賢治記念館に入れてもいいのではないかと思えるが、森氏がどうしても手離さない気持の一端が、分るような気がする。森氏が地人協会に行った当初は、あれに本が一杯だった。特に、下半分は高価な英・独の原書ばかりだった。それがだんだん減り、とうとう一握りの協会のパンフレットを残すだけで空になってしまった。

その事を痛みとして知っている森氏は、地人協会に賢治が注いだ涙と血の量を計る桝のように、今それを傍に置いているのである。そうだとする時、地人協会とはいったい何だったのか。

今なお挫折していない地人協会が、今も下根子にある。それは六十年前の、下根子一帯のための地人協会ではない。賢治が協会でした事は、身銭を切って、身体を賭けて、自分のもっている科学と文学を、自分の住んでいる地域の人と村に献身したことだった。それは、賢治が見た他界の法則、その文学の中で言い切った天上律、つまり〈自己犠牲による他者への献身〉を、身体で実践してみせたことだった。

賢治には、国柱会を通じての法華経の信仰があった。国柱会は特に、自分の仕事を通じての日常の菩薩行の実践を大切にした。だから、賢治が地人協会でしたことはそのことだったから、賢治の事業も文学も思想も、法華経特に、国柱会の全き影響下にあったとか、また地人協会は、単に国柱会の田中智学の日蓮主義理想社会「本地郷団」の模倣であったとか言われるが、それはそうではあっても、そうではない、もっと深い。賢治は自分の目で見た他界の法則を、地上に映そうとしたのである。文学はその法則と方法を書いたものであり、地人協会はその実践の一端である。

賢治の文学の姿勢は〈イデオロギー下に詩をなすは、直観素雑の理論に屈したるなり〉で、一般に言われている「法華文学」は賢治の本旨ではない。臨終近く母に洩らした言葉「あの童話は、仏様やお経を文学の上には書いてはいないけれども、ほんとうのことを書いたものだから、いつかはきっと、ひとのためになるんだんぢゃ」。この〈ほんとうのこと〉とはいったい何か。お経の教えか？　童話集『注文の多い料理店』の序にこう記している。「これらのわたくしのおはなしは……虹《にじ》や月あかりからもらつてきたのです。……ほんたうにもう、どうしてもこんなことがあるやうでしかたがないといふことを、わたくしはそのとほり書いたまでです。……なんのことだか、わけのわからないところもあるでせうが、そんなところは、わたくしにもまた、わけがわからないのです」と。〈ほんたうのこと〉で、しかも〈わたくしにもまた、わけがわからない〉ところがあるものとはいったい何か？　何度もそれは書いたように、〈虹や月あかり〉の現界と他界の二重うつしとなっている、しんじつの世界像から、賢治が見てきたものである。

これら賢治文学の中で、賢治は、その他界の法則と、それを地上に移す方法とをはっきり提示している。法則とは〈けっしてひとりをいのらない〉ことが本当の幸福であるという、これから地上が向かうべき方向である。そして、それを実現する方法とは、〈自己犠牲による他者への献身〉である。しかも、それが必ず地上に実現できる、地上が未だ知らない至高のエネルギーである〈思想エネルギー〉の存在を暗示している。

もう、それだけで地上に変革が起る、その実践を羅須地人協会から始めている。賢治がどこまでそのことをはっきり自覚していたかは分らない。賢治の歩いた跡を見ると、そういう軌跡が残っている。何となれば賢治は、森氏の云う「革命家」、私はそれを〈宗教や歴史の位置を全く変換する〉文明の変革者の意味でうけとめているが、賢治は決して世の革命家のような素振りやおごりでは振舞わなかった。それは文明変革の方法とは、此の世で一番低い姿勢だからである。

〈自己犠牲による他者への献身〉の外に、〈ほんとうの幸福〉な世界を創る方法がないとしたら、誰でも、賢治のような地味な姿勢をとらねばならないだろう。無名で、孤独で、しかし絶えず自分の置かれた環境で、自分が学んだ知識や技術で、献身して骨を地に埋めることである。グスコーブドリは賢治であるといわれるが、その通りで、あれが新時代の「革命家」の姿勢なのである。賢治はたしかに百年早かった。ダーウィンやマルクスに代って、コペルニクスの役を果たすためには、少し早かった。

〈雨ニモマケズ〉が地人協会挫折と、病気の失意を反映したウタという見方があるそうだが、珠玉を前にして、それがまだ磨かれていないから、瓦礫であるという見方に等しい。あれを今の現実の世界に押し当ててみるとき、見事に磨かれるのである。苦労をして蓄積してきた文明を、豊かさの名において、自分達の欲情の飽食のために使い、こうして失墜した人間性によって、豊かな者同士は戦い、弱い者と飢えた者をますます飢える方向へ抑圧してやまない、こんな世界にいったいどんな人間の文明が残っているのか。〈ホメラレモセズクニモサレナイ、デクノボー〉こそ、残った数少ない人間であり、いま、確実に文明の変革に手を貸している革命家達である。

〈雨ニモマケズ〉が詩芸術としてどうであるかは問わないことにして、一つだけ云えることは、深い感動をもたないものは、秀れた詩ではないということである。〈雨ニモマケズ〉は賢治が三十七年の生涯を賭けて書いた、世界変革の経文である。

第二次ルネサンスの使徒

終末の影がさし、技術文明が代赭色《たいしゃいろ》の光を放ち、近づく闇が予感される。人類の黄昏の時、賢治は、キラメク言葉と光によって、ひととき真昼日の交響曲をかなでた。

賢治文学の特色は、「自然との交感」にあると多くの人が指摘している。自然との自由な会話、ひときわ光る自然、そして『鹿踊りのはじまり』にみられる人間と自然との一体感。あれは賢治が不意に三次元の扉を開けて、四次元の自然へ入って行けることから起っているのだ。

《幻想が向ふから迫ってくるときは
もうにんげんの壊れるときだ》

こういう賢治の異数の目は、単に天才とか、ボワィヤン（見者）とか、特殊な人間あつかいをしておけばいいのであろうか。同じボワィヤンであったリルケはこう言っている。それは見えない人の方が特殊なのだ、世界の世俗化と共に「人間の感官が萎縮してしまったので」と。

賢治はそう言う代りに、こう言っている。「私達の官感で感じられ、それを記帳できる科学の範囲というものは実にはっきりしていましてねえ、耳であろうが、目であろうが、まるでたよりにならないものなんですよ」と。現代人の目のエキスである近代科学の欠陥をハッキリ指摘している。

人間が四次元から盲目となったいきさつをしかととらえ、視力を回復する手だてをしないと、賢治の言う〈世界がぜんたい幸福になる〉日は来ない。いったい人間失明の原因は何なのか。それにしても暗さがひどい今の度合いはどうしたことか。

私は詩誌『脱皮』6号（一九八三年）所載のエッセイ「新時代の胎動」の中で、第二次ルネサンスの到来を私見によって指摘した。それらの旗手ボードレール、ランボオ、リルケ、賢治のことを書いた。彼等はみな見者の系列で、時代の暗い網膜を透かして、未来を見た人達だ。

いったい未来の何を見たのか、隠されていた「自然」と「人間」の発見をしたのだ。……ハテ、それは第一次ルネサンスで発見されたのではなかったか。自然と人間の発見がルネサンスだから。たしかに、あれはキリスト教のヴェールに包まれた、原罪の子の住む汚れた土から、この肉眼で見えるままの自然を発見した。また、もの言えぬ目の見えぬ神の囚人であった「人間」を、その鎖から解き放した。それでおしまい。……キリスト教のヴェールははずれても、原罪のヴェールは被ったままであった。つまり、いわば神に刃向かうエゴイズムのヴェールはそのままであったのだ。

それが、デカルトに「吾れ思う故に吾れあり」と言わせた。彼は神を人間存在を保証するだけのものとして、神から一切の機能を奪い取り、部屋の一隅の壁に押しピンで磔にした。神のしんじつの死はこの時に始まり、至尊の地位におどり出た人間は、すでにヘブライズムの中で生気を失っていた自然を人間の隷者とした。デカルトはこれを単なる延長、いわば死せる物質と断定した。

いったい第一次ルネサンスがやったこととは何か。キリスト教で汚れていた「自然」の埃を払い、人間にとって有益なものとしたことと。もう一つ、神を殺して「人間」を至尊なものに祭り上げたことだけではないか。賢治の見た、已れのために他者を殺す原罪のヴェールをつけたままの、節度なき神（人間）を野に放っただけではないか。〈慢〉と〈飽食〉で肥った神々は、もう已れ自身のしんじつの姿や、四次元滲透のしんじつの自然を、二度と見られないものとするため、已れの目を塞ぎ、更にそれらを棺に入れ、〈近代科学〉なるまことしやかな聖錠で、おごそかに封印をした。

賢治が、いま、この棺を開いて、人間自身と真の世界像を、たしかに見た第二次ルネサンスの最大の使徒であることはたしかだ。既に見た通り、彼の「自然」は、四次元（他界）と滲透し合った見えない深みによってキラメキをもつ何ものか、であった。そして「人間」とは、いったい何か。

わたくしといふ現象は
仮定された有機交流電燈の
ひとつの青い照明です
（あらゆる透明な幽霊の複合体）

私という〈現象〉つまり人間の現実の「心」は、人間の深淵の我そのものの表出ではないが、生きた交流電燈で、他者である〈あらゆる透明な幽霊〉たちが交流してくる、その上に灯った一点の火……そのようなものである。
従って、人間の心とは、幽霊の複合体、それもあらゆる、賢治の目には見えている他界の人達、霊的な生命、そして生きている人や物たちの心までを含めた複合体。だから

（すべてがわたくしの中のみんなであるやうに
みんなのおのおののなかのすべてですから）

賢治においては、「私」とは多くの他者達である。それは賢治の目に霊の姿や、人間の霊体までが透明な幽霊に見えたから、そう言ったのである。ランボオが「俺は他者」と言ったのもこのことで、彼もその点で見者であった。これは、近代的自我の、自然や他者から全く隔絶した「我」とは、異質の人間観である。

しかし、人間とはいったい主体性をもたない、一個の幽霊のようなものなのだろうか。賢治は次にこう言っている。

風景やみんなといつしよに
せはしくせはしく明滅しながら
いかにもたしかにともりつづける
因果交流電燈の
ひとつの青い照明です
(ひかりはたもち　その電燈は失はれ)

我の本体とでもいうべきものは、他者と交流し合いながら、〈いかにもたしかにともりつづける〉何者かであり、電燈という肉体の器がこわれても、〈ひかりはたもち〉消えることのない永遠の何ものかである。

賢治の人間観は、デカルトの「吾れあり」に通じる確たる不滅の主体でありながら、しかし、自然やあらゆる他者と交流している、無辺の何かである。かかる主体性と普遍性をもつ「私」とは、〈ひとつの青い照明〉として神そのものではないが、神にも通じる神聖な何ものかのようである。

ここには、原始・古代の〈自然と人間が一体となった〉大自然生命観がある。それは東洋に尾をひいて未だ残っている。更に、デカルトの近代的自我を内に包摂しながら超えている。それは東西の融合であり、原始・古代の復権である。

それは人間の再生であり、生命の生誕であり、そして、自然の中に、神や神々たちが新しい姿を見せるかもしれない、四次元の深さをたもつ、新しい世界像の顕示である。

そうであるから、『鹿踊りのはじまり』の終りの部分で、自分の忘れた手拭のまわりをぐるぐる廻って踊る鹿を見ていた嘉十少年は、〈すすきの穂までが鹿にまじって一しょにぐるぐるめぐってゐるやうに見え〉はじめ、〈まったくじぶんと鹿とのちがひを忘れ〉鹿踊りの中に飛び出してしまった。〈鹿はおどろいて一度に竿のやうに立ちあがり、……銀のすすきの波をわけ、かがやく夕陽の流れをみだしてはるかにはるかに遁げて行き、そのとほったあとのすすきは静かな湖の水脈《みお》のやうにいつまでもぎらぎら光って居りました。〉

この、すすきのつくる光った水脈《みお》は、賢治が通った跡のように、いまもわれわれの前に、どこか天上のようなところまで、「現代」を連れて行ってくれるかもしれない、予感をのせて、未だ残ったままである。

初出・詩誌『脱皮』9号（一九八四年11月）

Chapter 2

異次元世界を描写してみせた『銀河鉄道の夜』

異次元世界を描写してみせた『銀河鉄道の夜』

賢治がなぜ天上律にこだわるのか、なぜ他界にこだわるのか、それが現界をも含めた世界の実相だからである。賢治は天上律を現実世界に実現させたかった。

前の章　**空即是色**（銀河ステーションから小さな停車場まで）

〈濃い綱青のそらの野原〉から銀河鉄道は走り始める。空気は〈かくして置いた金剛石を、誰かがいきなりひっくりかへして、ばら撒《ま》いたといふ風に、眼の前がさあっと明るく〉なるほど光っている。〈青白く光る銀河の岸に、銀いろの空のすゝきが〉なびき、銀河の〈そのきれいな水は、ガラスよりも水素よりもすきとほって〉おり、〈あっちにもこっちにも、燐光の三角標が……野原いっぱい光って〉いる。〈「ぼくはもう、すっかり天の野原に来た。」ジョバンニは云ひました〉〈線路のへりに……月長石ででも刻まれたやうな、すばらしい紫のりんだうの花が咲いて〉

郵便はがき

料金受取人払郵便

鎌倉局
承　認
9016

差出有効期間
2027年3月
31日まで
（切手不要）

248-8790

神奈川県鎌倉市由比ガ浜 4-4-11

一般財団法人 山波言太郎総合文化財団

でくのぼう出版

読者カード係

読者アンケート

どうぞお声をお聞かせください（切手不要です）

書　名	お買い求めくださった本のタイトル
購入店	お買い求めくださった書店名
ご感想 ご要望	読後の感想 どうしてこの本を？ どんな本が読みたいですか？ 等々、何でもどうぞ!

ご注文もどうぞ（送料無料で、すぐに発送します）裏面をご覧ください

ご注文もどうぞ

送料無料、代金後払いで、すぐにお送りします！

書　　名	冊　数

ふりがな	
お名前	
ご住所（お届け先）	〒 郵便番号もお願いします
電話番号	ご記入がないと発送できません

〈ご記入いただいた個人情報は厳重に管理し、ご案内や商品の発送以外の目的で使用することはありません。〉

今後、新刊などのご案内をお送りしてもいいですか？

はい・いりません

マルしてね！

イギリス海岸。渇水期には一帯は泥岩層が露出する（著者撮影）

いる。

人々が、これを賢治の幻想であると思っても、仕方のないことである。だが……、

「この砂はみんな水晶だ。中で小さな火が燃えてゐる」。白鳥停車場での停車中に、銀河の河原に降りた二人（ジョバンニとカムパネルラ）のうちカムパネルラが言う。〈水素よりももっとすきとほって〉いる銀河の水の〈波は、うつくしい燐光をあげて、ちらちらと燃えるやうに見えた〉。こうなると、二人は幻想というよりも、あやしい光がつくる世界へ、足を踏み入れている。

それから二人は《プリオシン海岸》へ出てみる。そこでは学者と三人の助手達が発掘作業をしている。そこからは〈百二十万年ぐらゐ前のくるみ〉や、〈青じろい獣の骨〉や、ボスという〈今の牛の先祖〉が出てきたりする。二人が「標本にするんですか」ときくと、「いや、証明するに要るんだ。ぼくらからみると、ここは厚い立派な地層で、百二十万年ぐらゐ前にできたといふ証拠もいろいろあがるけれども、ぼくらとちがったやつからみてもやっぱりこんな地層に見えるかどうか、あるいは風か水やがらんとした空かに見えやしないかといふことなのだ。わかったかい」と学者が答える。

このプリオシン海岸は、学者からすると、確かに百二十万年前の地層なのだが、〈ぼくらとちがったやつから〉見ると、〈風か水やがらんとした空かに見え〉る何物かである。いったい何か？〈ぼくらとちがったやつ〉とは、われわれ現界人であり、学者と助手たちは幽界人なのである。何故かというと、賢治は『春と修羅』の「序」の末尾でこう言っている。

すべてこれらの命題は
心象や時間それ自身の性質として
第四次延長のなかで主張されます

『春と修羅』は、賢治の四次元世界のスケッチであった。あの中には賢治の多くの幻聴や幻視が出てくる。それは、われわれにとっては幻聴や幻視であるが、賢治にとっては、まさしく賢治に聞こえた、賢治に見えた現実であった。賢治は見者である、四次元世界が見えたのである。だから『春と修羅』は詩ではなく、賢治にとって心象スケッチであり、それでありながら、それが詩として優れているのは、凡俗のわれわれには見えない、四次元世界の驚きが新鮮さで訴えるからである。賢治の作品には、詩篇に限らず、童話の中にも四次元世界の、いわゆる幻視や幻聴がたくさん交じっている。われわれはこれを幻想とか賢治の優れた想像力とかいうが、本当はそうではなく、賢治に見えたままの事実なのである。

さて、賢治の四次元世界とは何か？　それは、〈わがうち秘めし／異事の数、／幽界の（こ）／異空間〉（『兄妹像手帳』）である。即ち、幽界・死後の世界が賢治の異空間、四次元世界である。賢治にはそれが見えたし、実在の世界であった。

『銀河鉄道の夜』は、まさにわれわれにとって異空間である死後の世界の中を走り抜ける、列車から見える他界の風景であり、その中の出来事であり、また、死後の世界の階層や、原理までも写し取ってみせた異数の文学である。もちろん、劇的構成には賢治のフィクションが加えられているが、その風景と原理は、賢治が見たまま、捕えたそのものの他界である。そうして、乗客は生者ジョバンニ一人を例外として、他はすべて死者である。

プリオシン海岸に還ると、幽界人──学者達からすると、幽界は〈立派な厚い地層〉であるが、

〈ぼくらとちがったやつ〉である現界人には、〈がらんとした空かに見え〉るたよりない存在である。それは丁度、見者である賢治には、異次元の他界が現実の存在として感受できるが、凡俗のわれわれには空《くう》としか映らない無に思えるのである。ここにあるのは波長の法則である。四次元の存在は、四次元の波長を持つ幽界人か、見者でないと、実在として映らない。三次元の波長しか持たない肉眼のわれわれは、三次元の限られた牢獄のような現実に住んでいる。テレビの波長の原理を当てはめてみると、理解できよう。

ジョバンニとカムパネルラは、列車に乗り遅れまいと、走る。〈ほんたうに、風のやうに走れたのです。……こんなにしてかけるなら、もう世界中だってかけられると、ジョバンニは思ひました〉。しかし、何故そんなに速いのだろう？

「ここへかけても、ようございますか」。不意に鳥を捕る人が車内に出現する。鳥捕りは、また「さうさう、ここで降りなけぁ」と言ったかと思うと、もう見えなくなる。そうかと思うと。「あ、、せいせいした」という声とともに、もうジョバンニの隣に坐っている。ジョバンニは余り不思議なので「どうしてあすこから、いっぺんにこ、へ来たんですか」と尋ねると、鳥捕りは「どうしてって、来ようとしたから来たんです」と、答える。

この銀河鉄道の中では、意志が即運動なのである。思想の速さはほとんど無時間である。従って、思想即無時間の運動、あるいは、思想即エネルギーが他界の法則となっている。賢治は大正十三年の北海道修学旅行の報告書の中で、「勢力と云ひ物質と呼ぶ何物か思想に非らんや」と喝破している。賢治において、思想即エネルギー即物質は、見者の目が捕えた厳然たる事実なのである。何故かというと、それが四次元世界の法則・原理をなしており、また、地上世界でも真実なのである。ただ、物質によって鈍重な地上では、動きが緩慢なので、思想即運動に見えないだけである。しかし、異次元の精妙な空間では、思想即運動が一切を支配する法則となっている。

『銀河鉄道の夜』の初期形の中では、このことが端的に語られている。ジョバンニが、「この汽車は石炭をたいていないねえ」と言うと、セロのような声が次のように教える。「ここの汽車は、スティームや電気でうごいてゐない。たゞうごくやうにきまってゐるからうごいてゐるのだ」。この動くように決めている意志とは、個を超えた大きな意志を指しているのであろう。セロの声の教示は、もっと突っ込んで、思想即エネルギー即光即物質であることを教える。

ひかりといふものは、ひとつのエネルギーだよ。お菓子や三角標も、みんないろいろに組みあげられたエネルギーが、またいろいろに組みあげられてできてゐる。だから規則さへさうならば、ひかりがお菓子になることもあるのだ。たゞおまへは、いままでそんな規則のとこに居なかっただけだ。ここらはまるで約束がちがふからな。

〈規則さへさうならば〉とは、四次元世界では、思想即エネルギーが端的な法則である、と言っているのである。地上人であるジョバンニは〈いままでそんな規則のとこに居なかっただけ〉で、幽界である〈ここらはまるで約束がちがふ〉のである。

同様の原理が、幽界では、農業の上にも適用される。乗客の一人燈台看手が語る、「この辺ではもちろん農業はいたしますけれども大ていひとりでにいゝものができるやうな約束になって居ります。……たいてい自分の望む種子《たね》さへ播《ま》けばひとりでにどんどんできます」。この〈いゝものができるやうな約束〉とは、個を超えた大きな意志を示し、〈自分の望む種子さへ播けば〉は、勿論個人の意志を示す。いずれも、思想即エネルギーであることを言っている。

さて、どうしてそうなんだろう。思想即エネルギーであり、また、即ち物なのだろう。

われわれはもう一度思い出そう。ジョバンニとカムパネルラが天の川の河原に降りてみると、〈この砂はみんな水晶だ。中で小さな火が燃えてゐる〉。そうして〈銀河の水は、水素よりもすきとほって、……波は、うつくしい燐光をあげて、ちらちらと燃えるやうに見えた〉のだった。それに、鳥捕りは、こう語ってみせる。「さぎといふものは、みんな天の川の砂が凝って、ぼおっとできるもんですからね」と。

天の川の砂と水は、燃える火であり光であり、〈さぎ〉という生命を生み出す母胎である。天の川とは生命の川なのである。宇宙の生命の温床、根源。賢治の確かな見者の目が見てとっている実在のX。そのXとは何かというと、学校で先生がジョバンニらに、こう教えている、「それなら何がその川の水にあたるかと云ひますと、それは真空といふ光をある速さで伝へるもので、太陽や地球もやっぱりそのなかに浮んでいるのです。つまり私どもも天の川の水のなかに棲んでゐるわけです」と。

天の川とは真空である。〈私どもも〉その中に〈棲んでゐる〉生命の温床である。それならば「空《くう》」とは虚無ではなく実在のX、生命の母胎、であるから光・エネルギー、また思想、そして物質。この「空即是色」、これが、賢治が宇宙の中に見てとった根源の真実なのである。

われわれは、賢治が「空《くう》」なるものを天の川に見たて、そのほとりに銀河鉄道を走らせて、現実世界よりもっと宇宙原理によって端的に構成されている他界、即ち異次元世界を展開してみせ、そこから新しい啓示を人類に垣間見せようとしている『銀河鉄道の夜』とは、恐ろしい空《くう》文学ではないかと、ふと感じるのである。

後の章　ほんたうのさいはひは菩薩行（ひどい高原からきれいな野原まで）

〈「え、、え、、もうこの辺はひどい高原ですから。」うしろの方で誰かとしよりらしい人の〉声がした。列車は天の川を離れて崖を上り、崖の上の小さな停車場に着き、そこを出て間もなくのことだった。

ここへ来るまでに、いつの間にか鳥捕りは消滅していた。代って、家庭教師の青年と、教え子の少女と小さな弟の三人連れが乗車していた。三人は船が大洋で難破し溺死した。人を押しのけてまで救命ボートに乗らなかったので、溺死したのだった。

「え、、もうこの辺から下りです。……この傾斜があるもんですから汽車は決して向ふからこっちへは来ないんです。」さっきの老人らしい声が言ひました。

ジョバンニは、列車が崖を上る頃からひどく悲しくなっていた。意地悪になってカムパネルラにも辛く当たったりした。カムパネルラが少女と話をしても、ひがんで「僕はほんたうにつらい」と思ったりした。あのけなげで気の優しいジョバンニがである。それは列車が天の川を離れたからである。崖の上はいわば天の川から最も遠い他界の底辺である。天の川とは生命の川なのだから。ジョバンニは身体でそのことを感じ取っていたのである。

だから〈この傾斜があるもんですから汽車は決して向ふからこっちへは来ないんです〉とは、銀河鉄道は他界の底辺から天上へ向かう、上り一本の列車だということだ。何故かというと、それが宇宙意志なのだから。銀河鉄道は他界の中を貫く宇宙意志なのである。上りとは、限りなく天の川・宇宙の根源・空《くう》に近づくことである。空《くう》とは、光・万象を生み出す生命の根源・エネルギー・思想である。いかなる思想か？……他界は思想即表現であるから、その思想は他界の中に表現されている。賢治はこれを「利他」・他者への自己犠牲の献身としてとらえている。他界はこの利他を原理として見事に構成された、階層世界である。上り一本の銀河鉄道は、これからこの階層世界を上る。それはまた、空《くう》の根源へ向かって、〈ほんたうのさいはひ〉を尋ねる賢治の求道の旅でもある。ただ、上りの宇宙意志に反する者は、幾度も輪廻を重ねねばならぬ。

鳥捕りがその輪廻の人である。鳥捕りは〈鳥をつかまへる商売〉で、これを押し葉のようにして菓子として売るのである。銀河鉄道を何度も乗り降りしては、鳥をつかまえに歩いている。彼は乗客に鳥をすすめる。食べると、それはチョコレートよりももっとおいしい。カムパネルラが「こいつは鳥じゃない。ただのお菓子でせう」と言うと〈鳥捕りは、何か大へんあわてた風で、……もう見えなくなってゐました〉。鳥捕りをあわてさせたのは、鳥をとって菓子にして売る、その「利己」の不意を突かれたからである。しかし、鳥捕りは、何度も途中下車しては、その鳥捕りをやめない。それは「利己」への反省がないからである。彼は〈がさがさした、けれども親切さうな〉人物にもかかわらず、半永久的に途中下車者であるのは、宇宙意志である「利他」に反する輪廻の人だからである。

天の川の向こう岸の野原に大きな真っ赤な火が燃えている。それは天をも焦がしそうで、〈ルビーよりも赤くすきとほりリチウムよりもうつくしく酔ったやうに〉燃える火である。「蝎《さそり》の火」である。ある日、蝎《さそり》がいたちに食われそうになり、あわてて井戸に落ち、溺れる。その時はじめて蝎《さそり》に懺悔の祈りが芽生える。今まで沢山の虫を自分が食べてきたことの悔いである、〈どうしてわたしはわたしのからだをだまっていたちに呉れてやらなかったらう。……どうか神さま。……この次にはまことのみんなの幸のために私のからだをおつかひ下さい〉。そう言うと、蝎《さそり》の身体は真っ赤な火になったのである。これは童話『よだかの星』の、みにくいよだかが星になったのと同じで、自己犠牲の祈りがひとを火に、天の川の光に戻すのである。

ここは上り列車のまだとば口で、やがて銀河鉄道は南十字駅に着く。ここで青年たち三人連れや沢山の人々が降りる。ここは〈天上へ行くとこ〉で、十字架が川の中に輝き、「ハルレヤハルレヤ」のコーラスとラッパの音が響き、〈天の川の水をわたってひとりの神々《かうがう》しい白いきものの人が手をのばして〉迎えに来るところである。

ここが蝎《さそり》の火より上に置かれ、天上への入口とされるのは、青年たちが単に自己犠牲の祈りでなく、その実践をしたからである。しかし、それが入口にすぎないのは、その献身がまだ確信から出たものでなく、状況に促されてそうしたのであり、また信仰に支えられてそうなったので、いつでも現実にそれを繰り返すわけではないからである。青年は告白する、「けれどもそこからボートまでのところにはまだまだ小さな子どもや親たちやなんか居て、とても押しのける勇気がなかったのです」と。

「あ、あすこ石炭袋だよ。そらの孔だよ」。カムパネルラの指さす方の〈天の川の一とこに大きなまっくらな孔がどほんとあいて〉いる。それは〈のぞいてもなんにも見えずたゞ眼がしんしんと痛むのでした〉。

カムパネルラが〈ほんたうの天上〉に着くためには、最後のこの石炭袋の試練を経過せねばならなかった。青年たち三人が降りた後、ジョバンニが「僕はもうあのさそりのやうにほんたうにみんなの 幸《さいはひ》 のためならば僕のからだなんか百ぺん灼《や》いてもかまはない」と言う。カムパネルラも「うん。僕だってさうだ」と答える。しかしその後で、ジョバンニが「けれどもほんたうのさいはひは一体何だろう」と言うと、カムパネルラは「僕わからない」と、ぼんやりつぶやく。
カムパネルラは、級友ザネリを救うために川に入り、自分が溺れたことを、死んだお母さんが知ったらどんなに悲しむだろう、と思ったのだ。このためらいがまだ〈ほんたうのさいはひ〉の利他から、カムパネルラを隔てている。

しかし、ジョバンニが石炭袋を指して、「僕もうあんな大きな暗《やみ》の中だってこはくない。きっとみんなのほんたうのさいはひをさがしに行く」と言うと、今度はカムパネルラも「あゝきっと行くよ」ときっぱり答える。すると、「あゝ、あすこの野原はなんてきれいだらう。……あすこがほんたうの天上なんだ」。そういうカムパネルラの声がすると、カムパネルラは消滅する。列車にはジョバンニ一人が残され、そのジョバンニもやがて夢から覚めたように、もとの丘の草の中で目を開く。

〈ほんたうの天上〉に着いたカムパネルラは、〈ほんたうの幸〉の指標である。賢治において、それは他者のための自己犠牲の献身といえる。これはグスコーブドリにも象徴される、賢治の幸福の天上律である。これに対し、利己はペンネンネンネンネン・ネネムに示されるばけもの律、つまり俗界の幸福、実は不幸の原理である。賢治の天上律は、童話の至るところに隠されている。賢治は『銀河鉄道の夜』において、この天上律が他界構成の原理であることを示すために、一本の上り列車を他界を貫いて走らせた。そして、賢治の他界とは、実在の異次元世界、天の川・空《くう》・宇宙の根源である。

賢治がなぜ天上律にこだわるのか、なぜ他界にこだわるのか、それが現界をも含めた世界の実相だからである。賢治は天上律を現実世界に実現させたかった、それが賢治の悲願である。賢治がなぜ父政次郎の浄土信仰に頑強に抵抗したか、それは真宗の個人救済に対し、賢治にはこの強い文明ないし社会変革の意志があったからである。その点、法華経なかんずく国柱会は賢治にピッタリであった。その実践性社会性の故にである。ただし、賢治の思想は国柱会から、または法華経からさえも与えられたものではない。勿論、それらの多大の影響は否めないが、しかし、その本質は賢治が見たもの、その目で見て発見したものだった。賢治は見者（覚者）である。

なぜ、自己犠牲の献身が幸福の天上律であるのか。

みんなむかしからのきやうだいなのだから
けつしてひとりをいのつてはいけない

（「青森挽歌」）

賢治において、人類はほんらい同胞、いのちは一つ。だから自己犠牲と献身が天上律となる。なぜか？　賢治は見たのである、その事実を。

わたくしといふ現象は／（二二行略）
（あらゆる透明な幽霊の複合体）

（『春と修羅』の序）

賢治の霊視能力・霊聴力、そういうものが人間が霊である事実と、我《が》が複合体である真実を見せた。またその視力によって、他界を見、他界を描くことができた。空《くう》にまで迫ることができた。異稿の初期形には、何度も「セロのやうな声」が出て語る。あれはソクラテスにおけるダイモン（指導霊）である。賢治も現にその声を聞いたのである。

賢治の見たものは、法華経と一致している、その天上律とは「汝等は皆菩薩の道を行じて、当に仏と作ることを得べければなり」（『常不軽菩薩品』）。菩薩道とは自己犠牲による他者への献身である。これが仏、無上の至福に至る道である。賢治は菩薩の一人であったかもしれぬ。釈迦は入滅後について予言をしている、その予言は適中した。「娑婆世界の三千六千の国土は、地、皆、震裂して、その中より、無量千万億の菩薩・摩訶薩ありて、同時に涌出せり」（『従地涌出品』）。賢治は地涌菩薩の一人だったかもしれぬ。少なくとも、〈天上どこぢゃない、どこでも勝手にあるける通行券〉を持った、幽界を行く銀河鉄道の中の唯一人の異例、生者ジョバンニは覚者賢治の正体であったといえる。

初出・洋々社『宮沢賢治』第7号（一九八七年11月）

Chapter 3

霊的視点から見た宮沢賢治その人と思想

霊的視点から見た宮沢賢治その人と思想

一　プロローグ――賢治の魅力をたずねて

私は心霊研究を若い頃から少しやっておりまして、そういう関係で今はそうした話をしたり本を書いたりしています。皆さん方の中には霊魂とか霊ということについて、そういうものはないんだよとかどうなんだろうとか、いやあるかもしれない、あるんだというように、いろんな立場の方がおありになるのだと思いますが、そういう点で話し難い点もあるんですが、今日は私の立場から話をさせて頂きます。

心霊研究と申しますのは、今から約百四十年ばかり前にアメリカから発生しまして、イギリスに飛火しましてそこで学者達、科学者達の手によって、実験室で霊魂があるかないかということを、科学的な方法をとりながら進められていったわけです。そうしまして霊魂は存在する、証明できた、といった人達と、いやまだ十分ではないんではないか、という人達と別れていきまして、その結果、私共は霊魂は証明された、では霊魂があるとすればどのように人間の生活を生きたらいいのか、という行き方をとっていこうと、これをスピリチュアリズム、神霊主義というのですが、こういう流れが現在とうとうとして欧米には盛んです。なお現在霊的なものの科学的研究としましては、心霊研究の流れを汲みましてパラサイコロジー、超心理学というものです、これは純然たる科学としまして世界の先進国のほとんど全ての大学の学部ないし学科になっておりま す。ないのは日本だけなんです。最近防衛大学でちょっとばかりかじっていますが。そういうわけでこれはもう科学として通用してます。もちろんドクターもたくさん出ております。

そういうわけで私共はそういう流れを汲みまして霊魂は存在する、ではどういうふうに人生生きたらいいのかというスピリチュアリズムの上に立っております。

それでは今日は「宮沢賢治・その人と思想」ということで題を頂き話をするよう引き受けたのですが、考えてみますと私は宮沢賢治のいわゆる研究家では全くないわけでして、若い頃から詩が好きで詩を読んだりしてみたり、童話を読んでみたりした程度でして宮沢賢治の愛好家ではございますが、いわゆる研究家ではございません。現在研究家は優れた方がたくさんおいでになって、優れた研究をたくさん出しておいでになるわけですから、ですから私がこういう題でお話しするのは、まことにおこがましいことだと思ったわけなんですが、ただ、私の宮沢賢治に対する見方、もののとらえ方 —— 視点と申しますか、これがいわゆる霊的な視点から宮沢賢治をみようという立場をとっていますから、こういう立場から宮沢賢治をとらえるといういき方は、まだ私の外にないわけでして、最近やや近い神秘主義的な立場からみる人も少し出てきてはいますが、はっきり霊的な立場からみるのは私一人でして、そういうことから寄稿を頼まれて雑誌に載せたり、本に出したりしたこともございますが、ま、そういうわけで私はユニークな立場でお話をさせて頂こうと思ったわけです。それから私がそういう立場から宮沢賢治をとらえてお話し申し上げさせて頂きますと、結論として宮沢賢治の作品も、宮沢賢治の思想も、宮沢賢治の歩いた人生の歩き方も、私共のスピリチュアリズムにぴたりと一致しているわけです。まさにスピリチュアリズムの霊魂を認めたその生き方を賢治は辿ってきた、その作品もまた然り、そういうことになるわけですから、ですから私の視点から宮沢賢治についてお話し申し上げましたら、或いはまたスピリチュアリズムとは何かという解答にもなっていくのではないかと思うわけです。そういう意味で今日はあえてお話しさせて頂こうかということになったわけです。

宮沢賢治は今から五十六年前、すなわち昭和八年九月二十一日に亡くなりました。三十七歳でした。岩手県の花巻市の方なんですが、亡くなった時に殆んど無名なんですね。詩人であり童話作家ではありましたが、全国的には単に一文学青年が死んだ、という程度でした。それまでに詩集は、『春と修羅』という詩集一冊、童話集は『注文の多い料理店』という童話集が一冊で、どちらも売れなかったんです。『春と修羅』は東京なんかで夜店の叩き売りに出ていたと、草野心平さんなどはこれを買って、これはいい詩集だよと配って歩いたというわけで、詩人としましても無名でして、草野心平の『銅羅』という雑誌の同人にすぎなかったんです。童話作家としてはもちろん無名で、作品は評価されなかったんです。

その賢治が死にましてから、死後その作品がどんどん、どんどん読まれまして、全集も次々と出てきまして非常に有名になりまして愛好されまして、現在では日本の大学の文学部の学生の卒論で一番多いテーマは賢治なんだそうです。愛好者も非常に増えています。世界的にも現在は有名な童話作家になっています。この前もフランスの方に伺いますと、フランスでは大学のドクター論文で賢治がどんどん出ているんだそうです。日本語で賢治を読みたいということで、そのために日本語を勉強される方々が、ずいぶん出てきていると伺いました。もう世界的に有名な作家になってしまいました。いったいこの秘密はどこにあるのかと、これが今の賢治研究家でも、しかととらえられていないのです。なぜこんなに有名になるのか、どこに魅力があるのか。

これを私の視点から申し上げますと、賢治は人が見ていないものを見ていたんだと……見えてた、それをとらえて書いたんだと、追求したんだと、それをわれわれに提示してくれたんだと。その見えないものは何かと言いますと、それは霊魂でございます。見えないものとは霊の世界です。それを作品に書いた。それがどういうものであるかという原理をとらえて、童話なんかにはっきり書いているのです。われわれはこの現象世界だけをみて普通は生活しておりますが、つまりこの物質的世界だけをあると思って生活していますが、それだけで動いていると思っていますが、実は賢治はその他に、その底に見えない世界があるんだ、それが本物の世界なんだ、実在の世界であって、それが現象世界も動かしているんだと、そう思っていました。これは美しいものであって、素晴らしいものであって、調和に満ちたものであって、これが永遠不滅の或るものであると知っていたからなんで、なぜなら彼は見えていたからで、彼は霊的な世界が見えていたから、これを作品に書いたのです。それをわれわれ普通の人間はわからないものですから、現象しか見えないものですから不思議である、どうも変な魅力がある、何だろうと思うわけなのです。

これをお釈迦さんの言葉をつかって言いますと「色即是空、空即是色」というふうに言えると思います。我々は「色即是空」の中の「色」— 現象世界だけで生きている。しかし「色」— 現象は、すなわちはかなく消えて無に帰する「空」になるものである。しかし「空」は空虚なものではなく「空即是色」でありまして、いずれまた「色」――現象を生みだす生命の母体である、ということだと思うのでございます。

無である見えない世界、生命の母体「空」、これを賢治は見ていたのです。それが何であるかをとらえたのです、作品に書いたのです。それが現在の作家や詩人には出来ないところ、あまり自覚がないと描くことの出来ないところ、そこのところを賢治はどうも見てたんじゃないか、見ることができたんじゃないか、私の見方はそういうことです。外にはそういう見方をする研究家も作家もいないものですから、私はどうしてもその不滅の魅力は、その「色即是空」の「空」、その不滅の「空」を見ていた、とらえ作品に書いた、普通の言葉で言いますと霊魂が見えていた、霊の世界が見えていた、これを書いた、こういうふうな考えをもったわけです。

二　詩とは――革命のための異次元風景スケッチ

宮沢賢治は大正十三年に『春と修羅』という詩集を出します。これを最初に認めたのは草野心平さんなんですが、草野心平さんはこれを「新鮮無類」と言った。何が「新鮮無類」かというと答えられない。とにかく読んで新鮮無類だというのです。何故かというと、この詩を読んでみますと得体の知れないものがたくさん出てくるんです。たとえば「真空溶媒」なんて詩を読みますと、「硝子のわかもの」「鼻のあかい灰いろの紳士」「うまぐらゐあるまつ白な犬」だとか「画かきどもの幽霊」とか、しょっちゅう出てくる。そして神出鬼没なんです。或いは「春と修羅」という詩篇なんかみてみますと、「草地の黄金をすぎてくるもの／ことなくひとのかたちのもの／けらをまとひおれを見るその農夫／ほんたうにおれが見えるのか」とありますが「ことなくひとのかたちのもの／けらをまとひおれを見るその農夫」というのは幽霊の農夫の姿です。俺の目にはお前が見えているが、幽霊の農夫、お前から「ほんたうにおれがみえるのか」と聞いているんですね。そういう詩がいっぱいございまして、「幻聴」なんて詩もあるんですが、一つ読んでみます。

幻聴

どこからかチーゼルが刺し
光《くわう》パラフヰンの　蒼いもや

わをかく　わを描く　からす
　鳥の軌り……からす器械……
（これはかはりますか）
（かはります）
（これはかはりますか）
（かはります）
（これはどうですか）
（かはりません）
（そんなら　おい　ここに
　雲の棘をもつて来い　はやく）
（い、え　かはります　かはります）
　　　……………………刺し
　　　光パラフヰンの蒼いもや
　　　わをかく　わを描く　からす
　　　からすの軌り……からす機関

わけのわからない詩ですね。わけがわからないんだけど、何かおもしろい詩、何かしら新鮮な詩、何か調和がとれている詩、何だろう…。これは賢治が天使たちの会話を聞いているんです。天使たちの会話をここに書き留めているんです。

A天使「これはかわりますか」。B天使「変わります」。「これ」とは色即是空の「色」つまり現象を指しています。ですから「変わります」。つまり無になります。ですからこれは色即是空の会話です。

A天使「これはどうですか」。B天使「変わりません」。「これ」とは空即是色の「空」です。空は永遠無限ですから「変わりません」。

すると、A天使「そんなら　おい　ここに　雲の棘をもって来い　はやく」。「雲」というのは「空《くう》」ですね。その「空」から出た棘とは、創造の神の意志、(「空」から出る神経)。神経は肉体を刺戟して、肉体に変化を与える。そのように「空」を刺戟して「色」を生じさせます。だけど痛い。だからB天使はあわてて「かわります　かわります」。これは空即是色の会話です。

ついでにもう少し述べますと、

〈どこからかチーゼルが刺し〉とは、神の創造の意志を表象したもの。〈光パラフィンの　蒼いもや〉とは、「空」から「色」へ変わる模様、または「色」から「空」へ消える模様。〈わをかく　わを描く　からす〉とは、創造に参加している天使らのいとなみ。からすとは天使。〈烏の軋り〉は「空」から「色」へ、「色」から「空」へ変化する音。〈からす機関〉とは、人間の肉体。人間も創造に参与している、いわば肉体をつけた天使だから。

こうやって読むと、これは壮麗な「色即是空」の天使らの会話ではありませんか。しかも諸調音にみち、魅力と新鮮味にあふれた詩篇です。

賢治は私達に見えない霊の姿や霊魂、霊の世界を作品の中にたくさん書き留めている。これは私達普通の人間には見えない世界なのです。だから「新鮮無類」なのです。「新鮮無類」の原因は、見えない世界、見えないものを書いているからなのです。しかもその見えない世界は、おどろおどろしい世界ではなくて、実はすばらしい世界、天使らも住むすばらしい世界なんです。賢治もそう言っています。賢治は書き残しているんですね、メモで。『兄妹像手帳』というのがありまして、本当のことを書いているんです。「わがうち秘めし／異事の数、／〈幽界の（こ）〉」。私の内に隠している不思議なこと、あれは幽界のことなんだ、幽界とは死後の世界ですね。ちゃんと書いているんです。或いは「思索メモ」というのがございますが、その中にも「異空間の実在、菩薩仏の実在」と書いてあります。菩薩、仏は彼にとっては単に信仰の対象じゃないんです。

実在しているんです。彼には触れることができる、そこに在って本当に自分に作用を与えている実在なんです。そのように彼は霊の存在を認めているんですね。それを書いたんです。

ですから『春と修羅』という詩集ですけども、彼はそういう見えない世界を書いたから詩集だと、詩だと言わないんです。「心象スケッチ」だというんですね。自分の心が見たもののスケッチだというんです。それは何で言うかというと、森荘已池という方に書いた手紙に有名な手紙があるんですけど、その中にそう書いているんです。森さんという人はおもしろい人でね、この方は非常に文学的に早熟な方でして、中学生の頃から岩手日報に投書しまして、詩や歌が載っていた、それだけでなくって詩人や歌人が作品を発表すると、それをこてんぱんに批評していたんですね。で、岩手日報では有名な批評家で通っていたんですね。それが中学生だったんです。そんなわけで賢治が『春と修羅』を出した時、森さんが岩手日報に誉めて批評を出したんです。宮沢賢治は非常に喜びまして、花巻から盛岡まで会いに行ったんです。その時のことを森さんは『店頭』という随筆に書いておりますが、これは有名なエッセイです。こんなことが書いてあるんです。

彼の家は八百屋さんなんです。そこへ二十八歳の宮沢賢治が訪ねて来るんですね。「森佐一さん、（荘已池さんの本名です）おいでですか」— すると八百屋のお母さんが「佐一や、お客さんですよ」と呼ぶんですよ。すると森さんが出てくるんですが、みると詰め襟の中学生なんですね。宮沢賢治は目を丸くしたと書いてあります。まさか中学生だと思わなかったんです。森荘已池さんはその時盛岡中学の四年生だったんです。賢治はその時二十八歳。で、賢治が「ちょっと出ましょう」と言って西洋料理店につれていってごちそうしてくれるんですけれども、賢治はその時「あなたは三十歳位の方かと思っていました」と言ったそうです。

それが二人が会った初めなんですが、それからずっと親交が続くんです。で、丁度その頃、賢治が教えていた農学校の生徒と丁度同じ年ごろ、しかし文学がよくわかる生徒、もうだから隠すところなく何でも話した、だから霊魂が見えたとかしょっちゅう話した、だから森さんがいちばん生の賢治を知っている人なんです。その森さんに宛ててこの詩集が出た時に、賢治が森さんに会う直前だったんですけど、こう手紙を出しているんです。「これらはみんな到底詩ではありません。……ほんの粗硬な心象のスケッチでしかありません。……辻潤氏尾山氏佐藤惣之助氏が批評して呉れましたが、私はまだ挨拶も礼状も書けないほど、恐れ入ってゐます」。彼はこれを詩だと思っていなかったんです。心象のスケッチだと本当に思っていたんです。だから『春と修羅』という詩集の出版屋がまちがって背文字に印刷した「詩集」という文字を自分でブロンズ粉で消したんです。それ程彼は詩だと思ってなかったんです。自分の目が見たままのイメージを書き留めたものだと思ったんです。

では何のためにそんな心象スケッチを書き留めたかといいますと、この手紙にこう書いてありますと、「或る心理学的な仕事の仕度に、正統な勉強の許されない間、境遇の許す限り、機会のある度毎に、いろいろな条件の下で書き取って置く、ほんの粗硬な心象スケッチでしかありません」。ある心理学的な研究をしたいんだけど、現在の状況では出来ないから、その資料として今私の心に湧きあがる心象を書き留めておくんですよと、心象スケッチについて、そういうことを言っているんです。ということは、彼は心理学的な研究がしたかった、その資料として詩ではなく心象スケッチ — 心の目が実際に見たイメージを、私にいわせると霊魂を見たり、霊的な風景を見たりして、それを書き留めておいたんです。だから詩ではない、心象スケッチなんです。

では、一体何かというと、また手紙の中にこう書いてあるんです。『春と修羅』に於て、序文の考を主張し、歴史や宗教の位置を全く変換しようと企画し、」と、もっとはっきり言うと、心理学的な研究を進めていって、結果的には従来の宗教と歴史の位置を変換する、言い換えると文明転換の仕事を、革命をしたいと言っているんです。驚くべきことを言っているんです。だからこれは詩じゃないと言っているんです。

ではこの心理学的な仕事とは何か、といいますと、評論家もお分りにならないんです。この

『春と修羅』の一番最初に「序」という詩がありまして、これをみますとよくわかるんですね、こう書いてあります。

わたくしといふ現象は
仮定された有機交流電燈の
ひとつの青い照明です
（あらゆる透明な幽霊の複合体）

「あらゆる透明な幽霊の複合体」と、これ誰も解釈出来ないんです。私は心霊研究をやっているからすぐわかったんです。「私」というのは、たくさんの幽霊の複合体なんです。賢治の目には、自分のまわりにたくさんの霊の姿が見えたり、感じられたりするから、それをありのままに私とは「透明な幽霊の複合体」と表現したんです。つまり人間とは孤立した存在じゃないんですね。死者の霊、生者の霊、動物や植物の霊、天使や神々の霊など、そういうものにとりまかれて、そういうものの波動の影響を受けながら、自分というものが存在しているんです。

じゃ、無秩序な複合体かというと、そうじゃないんです。「仮定された有機交流電燈のひとつの青い照明」なんです。つまり、その時の自分の発する心の波動と同じような波長をもつ霊と交流し合って、そこに一つの自己を表現している存在なんです。

じゃ、そういうまわりの霊の操り人形かというと、そうじゃないと次にちゃんと書いてあります。「いかにもたしかにともりつづける／……／ひとつの青い照明です」。つまり、たしかにともりつづける統一体、まわりの因果関係にある霊と交流し合いながら存在しつづける統一主体です。

そしてその次に、「(ひかりはたもち　その電燈は失はれ)」。これも誰も解釈できないんですね。肉体という「電燈の器」は壊れるけれども、「ひかり」霊魂は不滅なんだと。これはスピリチュアリズムでいう霊とは何かの答えとぴったり一致しているんです。人間というものは、孤立したものではなくて霊でございまして、他者の霊とも交流し合っている。死んだ霊とも交流し合っている。動物や植物の霊とも交流し合っている。神々や天使らとも交流し合っている。じゃ、ごちゃごちゃの操り人形かというと、ちゃんとした統一体でありまして、死後も存続をしている。輪廻転生を続けながら、最後は神にまでなっていく、我々スピリチュアリズムではこう言っているんですね。まさにその通り言っているんです。

これが彼がいう心理学的な研究の基礎にあるものなんです。人間とは何かを、霊的な見地から捕えようとしたと私はみているのです。ですからその心理学的な研究とは、われわれのいう心霊研究、スピリチュアリズムに当たるんですね。ですからこれは文明転換の大変大きなポイントになるんです。何故かというと、現代の私たちは近代文明の中におきまして「我《われ》」私とは何かといいますと、デカルトの「我」ですね。「吾れ思う故に吾れあり」、完全独立した「我」なんです。ということは、自分とは他者 — 他の誰からも独立したもの、すなわち他の人はみんな他人なんです。神も他者なんです。デカルトにも神はあるんですが、「吾れ思う故に吾れあり」の「我」に、もはや何の作用も与えることのない、押しピンで壁に止められたような神の像なんですね。だから神はあってもないようなものです。ですからデカルトのこういう自我の上に立脚した文明が出てきますと、人間は独立した自我ですから、何ものにもとらわれず自分の頭で合理的にものを考えていこうとします。そこで科学が必ず発達してきます。すると科学は何というかといいますと、「人間は他人だ」と。そして「動物も植物も物質だ」。デカルトははっきりと言っています。「動物はぜんまい仕掛けで動く機械だ」と。ですから人間は科学で大いに文明なるものをつくりましたが、しかし、科学でつくった物をお互いに奪い合いまして、他者と摩擦を起こして戦争もする。また動物も植物もぜんまい仕掛けで動く物質ですから、生命がないから人間のためにいくらでも殺したり、利用したりして現在のような生態系の破壊にまで追い込んでいく。神はあるんだけれども無いに等しく、遂に神は死んでしまいます。一番偉いのは人間、自我独立した人間はもはや神です。人間は地球の支配者です。こうして人はすべて他人、動植物は物質、という考えが、どうしても出てくるんですね。これが現在の終末的な時代をつくった科学技術文明の体質ではないか、それはデカルトの近代の自我から出てきていると思っているんですね。

ところが賢治はまる反対の自我を主張しているんです。人間とは霊だ、他の人も霊だ、交流し合っているんだ、友だちだ、兄弟だ、つながっているものだ、虫も動物もつながっているものだという考え方ですね。ですからこういう霊魂というものが見えていた賢治でございますから、こういう自我が本当の自我なんだ、それならそういう心理学的な研究をしていこうじゃないか、そして文明を転換させようじゃないか、今までの宗教と歴史の位置を変換させようじゃないかと考えたのは当然だと思いますね。それで彼はこう言っています。「宗教は疲れて近代科学に置換され然も科学は冷く暗い」。これは『農民芸術概論綱要』の中の有名な言葉でございますが、これが要するに現代の科学技術文明の姿ですね。宗教はもう生命を失って疲れてしまった。これは宗教が神は認めても霊を認めないんです。ですから、人間は霊でなく肉体になっちゃった、だから生命を失ってしまったんです。そして科学文明がそれに換わってしまった。しかし科学文明は、さっき言いましたように他者は他人である、神はあっても無いに等しい、動植物は物質としか考えない、だから冷たく暗いですね。だからこれは死の文明、殺りくの文明、終末的状況をもたらしている文明だといえるのです。

それに対して賢治の文明は愛の文明、明るく温かい愛の文明です。それはどういうことかといいますと、彼は霊というものを認めておりました。すべてのものが霊だと認めておりました。だから彼はこうなんです。彼が盛岡高等農林をでる卒業の年こういうことを言っています。彼は菜食主義を始めるんですね。彼は友達の保阪嘉内さんにこう書いています。「私は春から生物のからだを食ふのをやめました。……食はれるさかながもし私のうしろに居て見てゐたら何と思ふでせうか。……もし又私がさかなで私も食はれ私の父も食はれ私の母も食はれ私の妹も食はれてゐるとする。……私は前にさかなだったことがあって食はれたにちがいありません」。魚と自分は一つだ、共に霊だから、という考え方です。それから、夏など賢治はシャツ一枚でいると蚊にたくさんくわれていたんだそうです。蚊を殺さないんだそうです。このような彼の考え方の底には、みんな霊なんだ、同じなんだ、兄弟なんだと。

それから、もっとはっきり述べておりますのは、大正十一年に最愛の妹が亡くなります。トシさんといって日本女子大の家政科をでた方なんですけれども、大変な才媛で女学校の家政科の先生になったんですけれども、大正十一年に亡くなります。彼は非常にこの妹さんを愛していたんです。彼は一生独身でしたからね、この妹さんを恋人みたいに思っていたかもしれません。また非常に立派な方だった、そして信仰を一つにする人だった。彼は法華経を信仰してたんですね、お父さんは反対で浄土真宗で彼と非常に摩擦があったんですが、トシは賢治と同じ法華経を信仰していたんです。だから非常に愛していたんです。そのトシさんが亡くなるんです。悲しみに耐えかねた賢治は、翌年十二年に青森から北海道、樺太へずっと旅行します。それはトシを尋ねてです。彼は霊魂を信じているんですけども、最愛の妹が死ぬと、信じているにもかかわらず、悲しくて仕方がない。それでずっと北海道を旅行するんですね。その中で「青森挽歌」だとか「オホーツク挽歌」だとか有名な詩を幾つも書いておりますが、その中で「青森挽歌」にこう書いておりますね。

トシはどこへ行ったんだろう。天国に行っているんかしらん。天国を彼は見るんですね。そして「青森挽歌」に天国の姿を書いているんですね。それとも幽界（地獄）に行っているんかしらん。そして幽界のおどろおどろしい世界をずっと書くんですね。どっちへ行ったんだろう。迷って苦しむんですね。そして最後にこう言っているんです。「（みんなむかしからのきやうだいなのだから／けつしてひとりをいのつてはいけない）」。みんな霊魂で兄弟なんだ、だからトシのことだけ祈ってはいけないんだ、という有名な言葉です。最後にこう言います。

あいつがなくなつてからあとのよるひる
わたくしはただの一どたりと
あいつだけがいいとこに行けばいいと
さういのりはしなかつたとおもひます

これで詩は終るんです。悲しみの絶唱なんですが、このように「みんなむかしからのきやうだいなのだから」、この万物一身同体、この彼の見た宇宙の根元の姿、ここにもう一度かえって来て、やっと安心するんです。霊を信じる彼には、みんな兄弟なんです。ここに宮沢賢治の人生観、世界観の根本があります。

三　童話とは学位論文

それから『銀河鉄道の夜』という童話をみてみますと、有名な作品ですね。あの最初のところに、主人公であるジョバンニという少年が学校で先生から教わっているんです。先生が天体の地図を並べまして、これが天の川ですよと教えているんです。細かい星がいっぱいあるでしょ、天の川の水は真空なんです、ですけどそこには光が通っているんです。そして私たちの地球も太陽も、みんな天の川の水の中に浮かんでいるんです、と教えているんです。これどういうことだと思いますか。

賢治はこういうつもりで書いているんです。何もないように見える「空《くう》」、それは空虚なるものではない、光を通す或るものなんだ、或るものどころか太陽も地球もすべてのものを存在せしめて抱きかかえている或るものなんだ。真空とは――空虚ではない――一種の生命母体だと、こういうことを言っているんですね。要するに、われわれを支える大いなるもの、宗教的に言いますと神とでもいいますか、宇宙の大生命というものがあるんだ、それがわれわれを抱きかかえて支えていてくれる、大いなる愛なんだ。このように宇宙は愛である神であり、そしてその中の人間は皆兄弟であってお互い同胞愛があるんだ、これが宇宙の真実、人間の真実じゃないか。だから冷たく暗い殺りく文明、科学文明はだめなんだ、滅びるんだ、愛の文明でなければいけないんだ。この文明変革をしよう、それが宗教と歴史の位置を変革するということなんです。今、丁度変革の時にきています。今科学技術文明が丁度ボールを落としますと、奈落のテーブルの上に落ちてきます。落ちたボールは必ずや、跳ね返るのです。百八十度反対の方へ。ということは、今までの価値観と逆の方向へいくということです。もし跳ね返るとすれば。跳ね返らずにこのまま潰れれば、地球はおしまいです。跳ね返れば必ず逆の文明に百八十度、冷たく暗い文明から明るく温かい愛の文明に必ず変わるという、その転換点にあるということです。賢治はこの方向転換をやりたかったんじゃないかと思います。ちょっと早く生まれ過ぎたのですけどね。ま、そういうことを言っています。

じゃ、童話は何か、といいますと、今までは詩の話をしていたんです、賢治にとりまして童話は『銀河鉄道の夜』とか『よだかの星』だとか『セロ弾きのゴーシュ』『風の又三郎』、たくさん有名な童話がございますね。あれ一体何か、何のために書いたのかといいますと、賢治は弟の清六さんにこう言っています。「これは私の学位論文だ」と、童話だとは言わなかったんです。何だろう、これ、みんなわからないんです。

賢治は最初の童話集『注文の多い料理店』の「序」でこう言っています。「これらのわたくしのおはなしは、……虹《にじ》や月あかりからもらつてきたのです。……ほんたうにもう、どうしてもこんなことがあるやうでしかたないということを、わたくしはそのとほり書いたまでです」と。虹や月あかりから貰ったもので本当の事とは、何でしょうか。

賢治は臨終の時に、母にこう打ち明けています。「この童話は、ありがたい、ほとけさんの教えを、いっしょうけんめいに書いたものだんすじゃ。だから、いつかは、きっと、みんなで、よろこんで読むようになるんすじゃ」。これで分るとおり、ほんとうのことを、つまり賢治の霊眼が見た霊的世界の事実を、そのとおりに書いていったら「ありがたい、ほとけさんの教え」になったのです。なぜかというと、異次元世界の真実とは愛、それが大いなる「空」の真実の姿だからです。

この臨終の言葉を、小倉豊文氏は次のように伝えています。「あの童話は、仏様やお経を文学の上に書いてはいないけれども、ほんとうのことを書いたものだから、いつかはきっと、ひとのためになるんだんじゃ」と。これは趣旨の上からいうと、全く同じ事ですね。あれは文学として仏様のことを書いたわけではない。しかし本当のことを書いたら、究極には仏様やお経のことを書いたと同じように、人の役に立つものになった、そう言っているのです。つまり、賢治が霊眼で見た「空《くう》」の世界、それを童話で描いた、だから「学位論文」だったのです。

賢治は学校時代から童話を書いていました。けれども本格的に書きだしたのは、大正十年ですね。お父さん政次郎と宗教上のことでけんかするんですね。お父さんは浄土真宗なんですが、どうして衝突したかといいますと、一つの大きな理由は、私の考え方ですが、浄土真宗というのは自分一人が救われればそれでよろしいという傾向が強いですね。ところが日蓮は人を救おう、社会を救おう、仏国土をつくろうという考えが非常に強いんです。そういう点で賢治は革命家でございますので、どうしたって自分一人の救われでは済まない、社会もよくしたいという悲願があるんですね。だから賢治は法華経の信徒なんですね。

それで大正十年に家出をするんです。裸同然で出てきて、東大の前に住んで東大の学生の為の筆耕のアルバイトをしながら、一方では日蓮主義の国柱会という田中智学さんのつくられた会で、毎日街頭で布教をしたんです。筆耕でアルバイトをし、布教し、夜は一生懸命童話を書いたんです。その時、ひと月に三千枚書いたと言われています。そんなに書けないだろうと思いますが、とにかくものすごいスピードで書いたといいます。それから本格的に童話を書くようになったんです。

何で童話を書くようになったかといいますと、国柱会の高知尾智耀という人がおりまして、その人から文芸をもって日蓮の教えを説きなさいと言われたので書く気になったと言ってます。しかし賢治が童話を書いた本心は、さっきお母さんに言いましたようにお経や仏様のことを書いたんじゃありません、本当のことを書いたのです。彼はこう言っています。「イデオロギー下に詩をなすは　直観粗雑の理論に屈したるなり」。日蓮のためとか仏教のためとか、何かイデオロギーのために文を書くことは、それは本当の文学ではないんだと言っています。ですから彼が童話を書いた本心は、本当のことを書く、本当のこととは何かというと、彼の目で見た「空」の世界、私の言葉でいえば霊の世界、異次元の世界ですね、これを見てたんです。これは現象の世界の奥にある真実の世界だから、本当にみんなの役に立つんだ、それは「空」なる世界の原理を書いたんだから、仏様の教えやお経の教えと同じことなんだと。ですから彼は、童話の中に見えない世界の風景を書きながら、それを通じて空なる世界の本質とは何かを書き留めたんです。だからあの童話がすばらしいんです。

その童話の中のエキスといわれているのが、あの『銀河鉄道の夜』です。あの中に異次元の世界、他界の風景がずうっと描かれています。そしてその中に「空」の世界の原理がぴしゃっと摘出されている。ということはどういうことかと申しますと、ジョバンニというとても親孝行の少年が野原で眠っていますと、夢の中から銀河鉄道が発車していくんですね。「銀河ステーション、銀河ステーション」と声がしますと、そこから銀河鉄道が宇宙空間をずうっと通っていくんです。彼はその鉄道に乗って宇宙空間を昇っていくんです。私に言わせるとそれは死後の世界です。天上世界に向かう上り一本の急行列車です。すばらしいですね。真っ青な空、空気のあかるさは、ダイヤモンド会社が金儲けしようとしていっぱい溜めておいたダイヤモンドを、一遍にほうり出してぶちまけたようだ。銀のすすきがずうっとなびいて、三角標 — シグナルが赤や青やいろんな色が野原にきらめいて、そこに紫りんどうが咲きほこっている。紫りんどうは月長石を刻んだようになっている。高原の底に声もなく天の川が流れる。天の川の水は水素よりもすきとおっていて燃えているようだ。そして河原の石ころというのは、その一つ一つがその中に燐光が燃えている。そういうところを銀河鉄道はずうっと通っていくんです。

そしてその銀河鉄道に乗っているのは、ジョバンニとカムパネルラという友だちです。これはその日に川に遊びに行っていじめっこのザネリという子供が溺れた時に身を挺して救った——しかし、自分は溺れて死んでしまう——死者であるカムパネルラが濡れた服を着て乗っている。しかし生きているジョバンニはカムパネルラが死んでいると知らないんですね。その他に鳥を捕る人という不思議な人が乗ったり降りたりするんです。汽船で難船した三人連れが乗ってくる。燈台守が乗ってくる。みんな死者たちです。死者でないのはジョバンニたった一人だけで、それを乗せて銀河鉄道はずうっと走っていく。

ここに銀河鉄道には二つの非常に重要なことが書き留められているんです。何かと申しますと、この鳥を捕る人が乗ったり降りたりする、ふいに現れたかと思うと、ふいに降りてしまう。降りると川に行って鳥を捕っているんです。鷺であるとか雁だとか、するとまたヒュッと乗ってくる。ジョバンニが、どうしてふいに乗ってきたり降りたりするんですか、と聞きますと、「来ようとしたから来たんです」と言うんです。他の人たちもふいに出現するんです。ここに非常に大変な真理が書かれているんです。それは、あちらの死後の世界では思想がエネルギーなんです。思ったら現実化するんです。あそこに行こうと思ったらパッと行っちゃう。ここを去ろうと思ったらパッと去る。それをそのまま銀河鉄道の中で実現させ、描いているんです。これは完全な死後の世界です。で、この事が宇宙の中で非常に重要な原理なんです。何故かというと、思想はエネルギーであると。普通エネルギーといいますと、私たちはごはんを食べて肉体的なエネルギーだとか、石炭や石油を燃やした物理的エネルギーをエネルギーだと思っていますが、賢治に言わせると「思想がエネルギー」だと。賢治はこう言っています。

賢治は大正十三年に学校の行事で北海道を旅行するんですけれども、その報告書の中に非常に重要なことを書いています。「勢力と云ひ物質と呼ぶ何物か思想に非らんや」と。

物質がエネルギーであることは、今日の科学で分っています。しかし、物質とエネルギーの根源に思想があるのだと、驚くべきことを言っています。それはそうです。賢治にとっては「空」は生命母胎です。また「空」は愛という想念の結晶です。とすれば、思想はエネルギーです。愛という想念は生命エネルギーなのです。であればこそ、愛が創造力であり、「色即是空、空即是色」であり得るのです。この宇宙のカラクリを、銀河鉄道の中で、人物たちの神出鬼没の行動で描写してみせている。それが現にあちらの世界では行われているんだと。現象、物質の世界でもその通りなんだけれども、節穴の眼のわれわれは知らないだけなんだと。この色即是空の真実を、童話の中に描いてみせたんですね。これが一つです。

実は法華経の中に重要なテーマが二つございます。一つは「色即是空、空即是色」というもので、もう一つは菩薩行（愛と奉仕の生活）ですね。菩薩行が仏になる道、幸福になる原理であるということで、この二つが法華経の中の二大テーマだといわれていますが、その一つ「色即是空、空即是色」というのを『銀河鉄道の夜』の中で人々が神出鬼没に現れたりすることで描いています。

それからもう一つ、賢治は『銀河鉄道の夜』で描いているんです。菩薩行、すなわち愛と奉仕が本当の幸福なんだということを描いています。これがむしろ『銀河鉄道の夜』のメイン・テーマです。それをどういうことで描いているかといいますと、ずっと銀河鉄道に乗っておりますと、三人連れが乗ってくるんです。青年と少女と小さな男の子です。濡れた姿で……三人共汽船が衝突して溺れた死者たちです。それでこういう話をするんです。汽船が沈没しそうになって救助艇が出たんだけれども、みんな乗ろうとして家庭教師のその青年も、その女の子と小さい男の子を乗せようとしたけれども、もっと小さい他の子供がいたのでためらって譲っちゃって乗らなかったので沈んじゃったんです。そういう三人連れが乗ってくるんです。銀河鉄道はずっと行くんですが、ずっと向こうの野原に真っ赤に燃えるさそりの火が見えるんです。何故さそりの火になったかというと、さそりが或る日いたちに追いかけられて、井戸に落っこちちゃった。その時さそりが初めてこう思った。「あ、、わたしはいままでいくつのものの命をとったかわからない。(こうしていたちに追われてその苦しみが初めてわかった。)……どうしてわたしはわたしのからだをだまっていたちに呉れてやらなかったらう。……どうか神様、……こんなにむなしく命をすてずどうかこの次にはまことのみんなの幸のために私のからだをおつかひ下さい」。その祈りによって、さそりは真っ赤に燃えるさそりの火になった、と書いています。賢治の作品に、もう一つ『よだかの星』という作品がございますが、これがほとんど同じ内容ですね。だから献身の祈りというものは、赤い火となって燃えるすばらしいものなんです。

ところがそのさそりの火を通って銀河鉄道は、更に上へのぼっていきます。すると美しい川原に出るんです。川原には美しい十字架がかがやいているんです。「ハルレヤ、ハルレヤ」というコーラスが聞こえてくるんです。そして「サウザンクロス、サウザンクロス」という南十字駅です。すると三人連れ、家庭教師と女の子と弟が降りていくんです。すると向こうの方から、白い着物を着たキリストのような人が迎えにくるんです。これはさっきのさそりの火より、もっといい所です。サウザンクロス、そこへ三人は降りていくんです。何故三人はさそりの火よりよい所へ降りていったかというと、彼らは人々に体を与えるという祈りより上なんです。現実に体を与えちゃったからね。人を助けようと思って体を与えることを実践したんです。単なる祈りより実践の方が上だということです。それでこのサウザンクロスで降りたんです。更に列車は進んでいきます。サウザンクロス駅を出た時に、ジョバンニがこう言うんです。「僕はもうあのさそりのやうにほんたうにみんなの幸のためならば僕のからだなんか百ぺん灼いてもかまはない。」するとカムパネルラも「うん。僕だってさうだ」と言うんです。するとジョバンニが「けれどもほんたうのさいはひは一体なんだらう」と言うと、カムパネルラが「僕わからない」とだまっちゃう。何故かというと、カムパネルラは確かにザネリといういじめっこを助けた。しかし自分は溺れて死んでしまった。既にお母さんは死んで天国にいる。このことをお母さんが知ったら悲しむだろうなあと思ったんですね。お母さんに聞かせたくないなあ、悪いことをしたのかなあ、と思うんですね。だからジョバンニが本当の幸いは何だろう言った時、迷っちゃって「僕わからない」と言うんですね。

ところがやがて、真っ黒い底の知れない穴が、天空に見えてきます。石炭袋と賢治は呼んでいます。ブラックホールみたいなものかもしれません。もう恐ろしい状況です。するとジョバンニが「僕もうあんな大きな暗の中だってこはくない。きっとみんなのほんたうのさいはひをさがしに行く。どこまでもどこまでも僕たち一緒に進んで行かう」と言ったらカムパネルラも「ああきっと行くよ」とキッパリ言うんですね。そうすると、美しい野原が見えてくるんですね。まさに天国の状況ですね。するとカムパネルラが「あっあすこにゐるのはぼくのお母さんだよ。」と言うと共に、カムパネルラの姿は消えてしまうのです。あとに残ったのは生きているジョバンニ一人です。やがて列車は夢の中で止まり、彼は目を醒まします。

これが『銀河鉄道の夜』のあらましですが、もっと色々な段階がありますが、簡単にお話ししました。何故カムパネルラは、死んだ三人の青年たちよりもっと上の天上世界に下車出来たのか。本当の幸福をさがす為ならば、石炭袋 —— ブラックホールだって、どんな苦しみだって怖くないんだ。あらゆる自己犠牲をかけても、断固としてやるんだ、という確信ですね。この自己犠牲の愛の確信を初めて持った。だからこれが上になったんです。このようにさそりの単なる献身の自己犠牲の祈りよりも、青年たちの実在の自己犠牲の方がもっと上なんです。しかし青年たちは、自ら進んで自己犠牲をしたんではなくて、状況であるていど止むを得ず自己犠牲の実践をしちゃったんです。それよりもカムパネルラはどんな場合であってもみんなの幸福をさがしにいくんだ、という確信をもったのでこれが上になったんです。最後に残ったのはジョバンニなんですけれども、ジョバンニは生きている唯一人の乗客なんです。彼は切符を持っていたんです。これが「天上どこぢゃない、どこでも勝手にあるける通行券」というんです。鳥捕りが切符を見て、びっくりしてそう言ったんですが、宇宙どこだって行ける通行券ということですね。これははじめからブラックホールだって恐れない、如何なるものも恐れない、どんな所へだって探しに行くという、まさに仏さまみたいなものなんですね。これがジョバンニなんですが、これは賢治の理想としたところなんですが、このように賢治は世の為人の為の献身、愛と奉仕に生きることが最高の原理だと思ったんです。

賢治はなぜ『銀河鉄道の夜』で、幾つもの愛の段階を描いてみせたかというと、「みんなのほんたうの幸福」を尋ねたかったのです。至高の愛が銀河の、天の川の真空にあたる「空」なのです。それは生命の母胎であって、生命エネルギーです。ですから至高の愛さえ握れば、それがみんなの本当の幸福を実現してくれるのですね。賢治は現実に世界ぜんたいを幸福に変えたいと思ったのです。賢治は革命家だったのです。

四　デクノボー原理を実践してみせた——その生涯

そこで賢治は革命家でございますから、この愛を世界に実現することによって、愛の世界に変革しようとしたんです。今日は時間がないので、これから先はくわしく申せませんが、彼の生涯はこの愛を実践したんです。

彼は農学校を辞めまして、羅須地人協会というものを作りまして、ポケットマネーで青年たちを集めまして農業技術を教えたり、文学や芸術を教えたりしました。また肥料の設計所というのを作りまして、農民たちの為に無料で肥料の設計指導をしました。もう大変な献身的な努力でした。「酒を飲まず、煙草を喫わず、カカアをもたず」と言っております。そして三日分位一緒に炊いた凍えた飯を金づちで叩いて割って食べたといいます。寒中といえども、外の井戸端で水で体をふいて、もうそういう大変な生活で、三年で病気になります。病気になっても彼は屈せず、文学を書き続けます。ペンが動く限り、そして三年後回復すると肥料会社「東北砕石工場」に勤めまして、ここでも献身的な働きをするんです。そしてまた無理がたたって病気で倒れます。倒れたけれどもまた少し回復すると、その肥料会社の指導をしたり、農民に肥料や農作のやり方を教えたりしています。また、文学も書き続けます。こういうふうな事を続けまして、そしてあの有名な「雨ニモマケズ」という詩を死ぬ二年前に書くんです。この中に彼の「デクノボーが最高だ」という考え方がはっきり出ています。デクノボーとは名もなく人に知られなくても、自分の日常の生活を通して掛け引きのない無名の奉仕に生きることですね。無私 ― 私の無い奉仕です。これがデクノボーの姿です。これが最高であって、これを彼は自分の人生で実践してみせたんです。そして遂に昭和八年に亡くなります。亡くなる前の晩まで愛と奉仕の生活です。亡くなる二日前に鳥谷崎《とやがさき》神社という神社の祭礼なんですね。彼は少し具合がよかったので、夜ですけれども自宅の門の前に出てそのおみこしを拝んだのです。その姿を見て農民が、賢治さん病気が治ったのかなあと思って、翌日の晩、九月二十日の晩に肥料の相談に来たんです。家人は止めたんですけれど、賢治は遅くまでその指導を致しました。それが祟ってどっと悪くなりまして、翌日危篤に陥って亡くなるんですね。法華経千部をつくって皆に分けて下さいと遺言致します。そして自分でオキシフルで体をふいて、ポタリと綿を落としますと亡くなったんです。それが一時半でした。その日の朝に汽車で三十分位かかる盛岡市の森荘已池さんのお宅に、四時頃幽霊になって(幽体離脱して)現れたんですね。ま、こうして亡くなりました。

このように賢治の一生は、彼が作品の中で書いた無私の献身をそのままに生きることでした。それが彼においては、世界を無上の幸福に変えるあり方だったからです。何となれば想念はエネルギーであり、その至高のエネルギーは、至高の愛（無私の献身）であったからです。

ところが、賢治は革命家ではない。その証拠は、羅須地人協会の挫折だ。彼は近隣の農村の変革さえ出来なかったではないか、という見方があります。これは社会変革を革命と見る俗論です。これでは賢治の意義も、賢治の魅力も少しも見えていない、節穴の見方です。

そうではなく、賢治は革命家です。それも空前絶後の。彼の愛とは社会変革のエネルギーなのです。彼の一生はこの愛（無私の献身）を実践したので、その三十七年の生涯そのものが革命なのです。少なくとも革命のあり方をその生涯で例示したのです。

それだけでなく、愛が社会変革のエネルギーであることを言うために、従来の文明を否定して、新しい文明を企図した、つまり賢治に言わせると「歴史や宗教の位置を全く変換しようと企画した文明の革命家でもあったのです。

この秘密は、彼の愛を表現した有名な言葉を吟味すれば分ってきます。

〈世界がぜんたい幸福にならないうちは個人の幸福はあり得ない〉。

これはものすごい真理でございますね。愛の原理、幸福と平和の原理。彼は何故、「世界ぜんたいが」とか「世界ぜんたい幸福に」とか言わなかったのでしょうか。この「世界が」の「が」が問題なんです。「が」にものすごい意味があるんです。どういうことかというと、この「が」

は「私が」「あなたが」の「が」です。「世界が」――「世界さんが」、人間なんです、生き物なんです。世界さんが幸福にならないうちは私の幸福はない、こう言っているんですね。世界さんは単なる社会じゃないんですね。人間の単なる寄せ集めじゃない、世界地図じゃないんです。社会機構じゃなく、世界さんという一つの生き物なんです。世界さんが幸福になったら、初めて私の幸福があるんです。ということを言っているんです。世界は生き物で自分と一身同体なんです。こういう考え方です。人間は普通幸福になろうとすると、どうするかというと自分のことばかり考えますね。まず自分を幸福にしたい、人のことは二の次にしようと。そうじゃない、賢治にいわせると世界さんが幸福になったら、初めて自分も幸福になるんです。これは母心なんです。息子さえ娘さえ幸福になってくれたら私はもういいの、悪いもの食べても、ボロ着ても、どんな苦労してもいい、どうか息子よ娘よ幸福になっておくれ、それが私の幸福なの。これと全く同じ母心です。息子、娘と母は一身同体なのです。そう思っているんです。本当の恋人の心もそうですね。私の愛するあの方が、幸福にさえなってくれたら私はもうどうなってもいいの、相手と一身同体です。相手のために一生懸命してあげて、恋人が幸福になってくれたら私も幸福になる。本当の幸福の原理はそうなんです。相手のために奉仕をする、で相手が幸福になった時はじめて自分の幸福があり得る、同時にです。

これはすごい幸福の原理です。自分のために幸福をはかるのが幸福になるなり方ではなくて、一も二もなくすべて献身して相手のために奉仕する、それが幸福になるなり方だと言っているのです。それは相手と自分が一身同体だからです。だから、相手から奪ったら、その分だけ自分が奪われる。反対に相手に与えたら、その分だけ自分に与えたことになる。だから無私の献身こそが、自分が幸福になる最高のやり方なのです。賢治の無私の献身にはそういう考えが根底にあるのです。なぜそうかというと、「世界さん」は生きもので、しかも自分と一身同体だからです。この意識が分らないと、賢治の愛も、「ほんたうの幸福」の意味も、賢治の生涯そのものが見えてこなくなるのです。

なぜそうか？　……賢治には、人はすべて「みんなむかしからのきやうだい」なのです。それは「わたくしといふ現象は……（あらゆる透明な幽霊の複合体）……」という根源の一体感があるのです。それは他者も自分も霊で、霊は常に一つに交流し合っている、これは霊が見えて霊を感じている、賢治の実感なのです。

それに、人と人が一身同体であるだけでなく、万物も自分と一身同体なのです。「人や銀河や修羅や海胆《うに》」も「宇宙塵をたべ、または空気や塩水を呼吸しながら……「(すべてがわたくしの中のみんなであるやうに、みんなのおのおののなかのすべてですから)」（『春と修羅』の〈序〉）

なのです。

賢治には人も万物も自分と一身同体という人間観と自然観がありました。ここから、人や物から奪えば自分が奪われること、人や物に与えれば自分が与えられること、という「ほんたうの幸福」論が出てくるのです。ですから「世界さん」とは生きもので、自分と一身同体で、ですから自分が世界さんに献身した分だけ、世界さんと自分が同時に一緒に幸福になるのです。もし、人が自分を先にして「世界さん」から奪えば、その分だけ同時に一緒に世界さんも自分も不幸になるのです。

賢治はこういうふうに「ほんたうの幸福」の原理を発見して、これを自分の生涯で、「無私の献身」という形で、自分の身のまわりの生活で実践して、社会を変革しようとした革命家です。それだけでなく、「無私の献身」の愛が社会変革のエネルギーであることを、文明論の上から言いたかったし、そういう文明に未来を変えたいと企画した文明の革命家でもあったのです。そのことは森荘已池氏に『春と修羅』の批評のお礼に出した手紙に明瞭に現れています。

(前略)「春と修羅」も、亦それからあと只今まで書き付けてあるものも、これらはみんな到底詩ではありません。私がこれから、何とかして完成したいと思って居ります、或る心理学的な仕事の仕度に、正統な勉強の許されない間、境遇の許す限り機会のある度毎に、いろいろな条件の下で書き取って置く、ほんの粗硬な心象のスケッチでしかありません。私はあの無謀な「春と修羅」に於て、序文の考を主張し、歴史や宗教の位置を全く変換しようと企画し、それを基骨としたさまざまの生活を発表して、誰かに見て貰ひたいと、愚かにも考へたのです。（中略）出版者はその体裁からバックに詩集と書きました。私はびくびくものでした。亦恥かしかったためにブロンヅの粉で、その二字をごまかして消したのが沢山あります。辻潤氏　尾山氏　佐藤惣之助氏が批評して呉れましたが、私はまだ挨拶も礼状も書けないほど、恐れ入ってゐます。（後略）

大正十四年二月九日

この「或る心理学的な仕事の仕度に」の心理学というのが、おそらく霊的な面からの人間研究を意味しているのではないかと思います。それは賢治が霊を見、感じる人だったから、「透明な幽霊の複合体」で、しかも「因果交流電燈の　ひとつの青い照明」である人間を、とうてい当時の肉体人間としての心理学はとらえることが出来ていないので、賢治には不満だったと思います。しかし、そういう霊的な人間研究は、「正統な勉強」として当時はとうてい許されようがないので、将来の「或る心理学的な仕事の仕度に」『春と修羅』を書いたのです。ですからそれは霊的な異次元世界を、賢治の霊的視力であるがままに記しておいた「ほんの粗硬な心象スケッチでしか」なかったのです。そして、それが未来の心理学の資料になる筈でした。賢治は「或る心理学」を学問として作りはしませんでした。しかし、これら異次元世界の資料が元になって『銀河鉄道の夜』が童話として書かれました。この童話には、異次元の資料がちりばめられているだけでなく、霊的異次元世界の法則までがとらえられて、童話を構成しています。ですから、あれは賢治には「学位論文」だったのです。そういうもののほんの資料「粗硬な心象スケッチ」を、秀れた詩として、辻潤や佐藤惣之助が評価してくれたので、賢治は「まだ挨拶も礼状も書けないほど、恐れ入って」いたのです。

こうした賢治の文学や文明批評や生涯のあり方の根源にあるのは、他者も万物も自分と一身同体だという人間観・自然観にあるわけです。この人間観・自然観は賢治には見えているが私達には見えない、賢治の異次元世界を見る霊的視力にあるわけです。

『銀河鉄道の夜』を読むと、その根底のものが少しずつ見えてくるような気がします。たとえば、先生がジョバンニたち生徒に銀河の話をしています。

「ですからもしもこの天の川がほんたうに川だと考へるなら、その一つ一つの小さな星はみんなその川のそこの砂や砂利の粒にもあたるわけです。……そんなら何がその川の水にあたるかと云ひますと、それは真空といふ光をある速さで伝へるもので、太陽や地球もやっぱりそのなかに浮んでゐるのです。つまりは私どもも天の川の水のなかに棲《す》んでゐるわけです。」

賢治の「真空」とは、その中に地球や太陽や天の川の星を浮かべる生命の母胎です。また光を伝えるエネルギーの走るところです。その中に私達はみんな棲んでいます。ここに賢治の「空文学」の原点があります。「空」とは「空が色」に変わるもの、また「色が空」に返るものです。それは創造力そのものです。また、星々と人間と万物をその中に生かす生命の母、つまり愛です。それは無私の、つまり「空」の愛です。「空」とは創造エネルギーであり、「愛」という思想です。だから「思想はエネルギー」であり、「空の愛」すなわち無私の愛こそは、私達が「空」と一つになる至上の愛です。ですから、この無私の愛が「ほんたうの幸福」であり、また世界を変える創造力パワーです。賢治はこれを発見し、これを書くために文学を書きました。『春と修羅』はその資料となる「粗硬な心象スケッチ」であり、童話は「ほんとうのことを書いたものだから、いつかはきっと、ひとのためになる」「ありがたい、ほとけさんの教え」と一致するものでした。それを最後に結晶させた作品が『銀河鉄道の夜』でした。

賢治は革命家でしたから、「ほんたうの幸福」である無私の献身の道を、生涯をかけて歩きました。それは社会制度の変革という、従来の華々しい革命方式とは違うものです。自分が自分の生活の中で「無私の献身」の生き方をする、これが最大の革命なのです。なんとなれば、想念はエネルギーであり、愛が最大の変革のエネルギーだからです。ですから、これを生活で実践すれば、その人から「空」のもつ宇宙創造パワーが出て、世界が変わるのです。ここに宮沢賢治の独特の革命があります。誰にでもできる、誰でも世界が変えられるやり方です。

賢治において、この他に革命はありませんでした。世界がぜんたい幸福になれる道は一つもありませんでした。なぜなら、これが世界と個人が同時に幸福になる、ほんとうのやり方だからです。なぜなら、天の川の水の中で、世界と個人は、むかしから一つにつながっているからです。これが優しいそして易しいデクノボー革命のやり方です。

賢治の晩年の詩（またはメモ）『雨ニモマケズ』は、彼のいわゆる「デクノボー革命」を書きつけた彼の遺書でした。または、偉大さと魅力を秘めた賢治の「空文学」を、わずか三十行（三〇八字）で書き記した一巻の経文とでもよびましょうか。

一九八九・10・12　「カリスマ会」講演記録

Chapter 4

賢治と預言

地上天国をつくる魔術師、デクノボー

賢治と預言

地上天国をつくる魔術師、デクノボー

一　法華経と日蓮の影響

島地大等編「漢和対照妙法蓮華経」

宮沢賢治は、幼少より浄土真宗の雰囲気の中で育ちました。父政次郎が熱心な信徒で、たとえば浄土真宗の夏季講習会をひらき、十歳頃から賢治はそれに出席しています。生家は「質・古着商」で昔は地方の素封家（お金持）はそうした商売が多かったのです。十五歳からは盛岡市（賢治の実家は少し離れた花巻市）の浄土真宗の願教寺での、仏教夏季講習会に毎年出席し、当時有名な島地大等の法話に魅せられています。

ところが十八歳、中学を出た年に、島地大等編の『漢和対照妙法蓮華経』を読んで、身体の震えが止まらなかったといいます。

十八歳で法華経がすっかり分ったわけでなく、賢治が持って生まれた法華経を世に伝える使命、そういうものに魂が触れて震えたのでしょう。それに、生得法華経の使徒である賢治には、法華経そのものが魂に書かれています。その点、浄土真宗が自分の一人の救いを大事にし、死後の極楽浄土での救いを説くのに対し、自分より皆の救いを、あの世よりこの世の仏国土の実現を説く法華経に、身体が震えて止まらなかったのでしょう。

といっても、直ちに賢治は熱烈な法華経の信徒になったわけではありません。いぜんとして座禅もつづけていました。しかし、幼少からの浄土真宗の影響に大きな影を落としたことは否めません。盛岡高等農林学校二年（現在の岩手大学農学部）の二十歳の時には、毎朝法華経を読経していたそうですから、更に信仰を深めていたのでしょう。

この賢治が揺るがぬ信仰に突入するのは、それから二年後二十二歳の年です。賢治には気心がよく通じ合う妹がいました。妹トシは才媛で日本女子大に通っていました。このトシが病気ということで、母と二人で三か月ばかり看病のため東京にいたことがあります。この時、上野桜木町にあった国柱会本部を訪れ、田中智学の講話を聞いています。田中智学は国家主義的な日蓮主義を唱えた人で、新しい理想の村である法華村を作ろうとしたり、また当時はさかんに日蓮主義による仏国土を作る普及実践活動を進めていました。この現実に仏国土を作るというところが、賢治の心を強くとらえたのかもしれません。これから賢治は強く法華経にのめり込むのです。

法華経が襟髪をつかむようにして賢治を引っ張っていったのには、もう一つ原因があります。国柱会を通じて日蓮上人を知り、日蓮の数度にわたる法難が賢治の魂に焼きを入れたのです。日蓮は法華経を伝えるために鎌倉幕府や特に浄土真宗と対立し、二度の流罪（伊豆、佐渡）と四度の生死にかかわる法難を受けました。この殉教、殉難が深く賢治の襟首をとらえてしまったのです。

日蓮はこれらの殉難についてこう言っています。法華経によると、正法（仏の本当の教え、つまり法華経）を伝える者は、必ず反対を受け敵から危害を受けると。だから、私の法難はすべて私が如来使（正法を伝える仏の使い）である証である。故に私は如来使であると。また、二度目の流罪（佐渡配流）の途中、龍の口で有名な斬首の刑にあいます。（この時は、突然の雷が起こり、首切り役の太刀が叩かれる奇跡で助かった、という言い伝えがあります）。その後、日蓮は法難についてもう一つの確信を持ちます。自分がこのような非道い難を受けるのは、前世でよほど正法を冒涜する大罪を犯しているからだ。こうして己が罪を深く深く慙愧《ざんき》して自分を「畜生」と思うとともに、逆に法難によってその罪が償われるのだと、法涙を流します。

日蓮にとって、法難は自分が如来使である証であり、また過去の謗法の大罪をそそぐ償いでありました。この二つの点が、賢治の心をまた強くとらえてしまったのです。賢治は生得の使命感を持っていました。如来使（賢治がそういう晴れがましい言葉で感じたかは別として）、まさしく日蓮と同じ法華経を伝える使命感を持っていました。また、この法華経で仏国土を作る（これがデクノボー革命です）、日蓮が『立正安国論』で仏国土を日本に作ろうとしたのに通じる、地上天国を地上に作る使命感を感じていました。

賢治は有名な詩集『春と修羅』の中で、「俺はひとりの修羅なのだ」と二度うたっています。修羅とは六道輪廻の迷いの六つの世界（天上・人間・修羅・畜生・餓鬼・地獄）の中の一つです。修羅とは人と争い、うぬぼれ、こびへつらう迷いの姿です。賢治には正得の罪悪感がありました。この抜きさしならぬ罪意識にひそかに悩む賢治

阿修羅像（うしろは国柱会から受けた十界曼荼羅《じゅっかいまんだら》）

に、日蓮の法難・殉難の解釈は魂を深くとらえました。

こうして賢治は、国柱会を通じて、また日蓮を通じて、もう後へはひけぬ法華経の信徒になりました。それで、二年後の二十四歳、大正九年十月二十三日に国柱会に入会しました。その日は、日蓮の龍の口の法難の六五〇年記念日です。その夜、賢治はひとり田圃に行って祈ろうとしながら、もうそうしてもおれず、「恐れと恥ずかしさで震えながら、燃えるばかりの悦びの息をしながら」花巻の町を大声を出して叫びながら歩きました。人々は立ち止まり振り返って見ていました。

こうした賢治の入信で、父との間はいっそうまずくなりました。賢治は、ひとりの救いと浄土の救いに執心する父を折伏しようと、よく争いました。また職業のことでも、父と意見が合わず対立していました。賢治は盛岡高農を首席で卒業、更に二年間の研究科を修了して、助教授への推薦を受けましたが断りました。父子ともに実業につく意向をもっていたからです。長男の賢治は家業の古着商を継ぐ立場にあったのですが、これを嫌い、父は不承不承《ふしょうぶしょう》ながら他の何か実業につくならと認めていたのです。しかし、賢治のもち出す実業案には父がことごとく反対し、結局、当時の賢治はうつうつとして楽しまず、店番をするという状況でした。

そんなある日、大正十年一月二十三日、棚から何故か本が一冊ポトリと落ちました。『日蓮上人御遺文集』です。賢治はこれは家を出よという暗示と受けとり、それまで決断しかねていた上京を決行します。見るとあと一時間足らずで列車が出ます。取るものもとりあえず、着のみ着のまま「御遺文集」を風呂敷に入れ、半ば家出同然で上京しました。

国柱会に行った賢治に、理事の高知尾智耀が、法華経の修行は僧になることでなく、自分の持つ能力を発揮して現実の生活の中で働き奉仕することだと教えます。それからの賢治は、本郷の東大の近くに部屋を借りて住み、ガリ版切りのアルバイトで自活します。昼は国柱会の街頭演説や布教活動に従事し、夜は講話を聞いたり、またものすごいスピードで童話を書きました。一か月に三千枚も書いたといいますから人間業ではありません。この頃、賢治の童話の多くのものが書かれています。自分では法華文学とは言いませんが、仏の心を文学を通じて伝える、そうした使命感があって賢治を駆りたてたに違いありません。

この賢治は九月になると花巻に戻って来ます。それは妹トシの重病で呼び戻されたのです。当時トシは花巻女学校の教師をしていました。しかしすぐにどうこうということもないので、十二月には稗貫《ひえぬき》農学校の教師になります。こうして平穏な教師生活の中で、賢治はこの頃からさかんに詩を書きました。しかし、この平穏な生活を破る、賢治には異様に悲しいことが起こりました。

二　妹トシの死と霊覚

大正十一年十一月二十七日トシは亡くなりました。この日、賢治は三篇の日本で最も美しい詩の挽歌と言われている作品を書きました。妹トシの死が賢治には世にもかけがえのない悲痛なことだったのです。妹ですが、まるで恋人のように賢治はこの妹を愛していました。法華経が分ってくれる唯一人の心の友だったこともそうですが、おそらくトシは賢治が法華経の如来使として世に行蹟を残していくために、なくてはならない霊的な宿縁（前世で夫婦とか親子とか）を持っていた人かもしれません。それだから、その死が次に述べるように賢治の魂に比類のない珠を加えることになるのです。

賢治は悲しみに耐えず、翌年の夏、北海道・樺太の旅に出ます。それは死んだトシが果たして天国へ行ったか、または幽界で迷っているかを、確かめるような旅でした。賢治は生来、霊の姿が見えたのです。近隣の人が死ぬとその状況や行先がどうであるかなど分っていたようだと、賢治の友人だった森荘已池氏が私に話してくれました。それなのに、この時ばかりは、トシの死が余りに賢治には悲しすぎて、心の迷いが起こり、トシの行先が皆目見えなかったのです。あたかも死んだトシの亡魂を尋ねる旅が、この北海道・樺太の旅だったようです。

どうしても迷う賢治には、トシの魂の行先が見えませんでした。しかし、その事がかえって、賢治には決断の堀を飛び越えて大きな悟りへ行き着くステップになったのです。

賢治はとうとう「みんなむかしからのきやうだいなのだから、けつしてひとりをいのつてはいけない」「大きな勇気を出してすべてのいきもののほんたうの幸福をさがさなければいけない」という決断に到達します。これは「人類同胞」それだから「愛と奉仕が人間の道」というスピリチュアリズムの結論と一つです。また「一切衆生悉有仏性（すべてのものに仏が宿っている）」（涅槃経）、「菩薩行道（愛と奉仕が人間の道）」（法華経）と説く仏法と一つです。

この大いなる悟りに、賢治はどうして妹の死で到達したのでしょうか、弱冠二十六歳の賢治が。賢治は霊の姿が見えました。だから、人はみんな霊で兄弟だ、神にそれぞれにつながる生き物ではないかということが、視覚的に霊感的にだいたい分っていたのです。それが妹の悲痛な死で、いっきょに魂の智となって確認されたのです。

彼は詩集『春と修羅』を出す時に、「序」詩を書きました。それは北海道旅行より半年後の大正十三年一月に書いたものです。しかし、この中に、賢治がもともと霊が見える人であり、また人はみなつながったものだと賢治が見ていたという、歴然たる証拠があります。

序

わたくしといふ現象は
仮定された有機交流電燈の
ひとつの青い照明です
（あらゆる透明な幽霊の複合体）
風景やみんなといつしよに
せはしくせはしく明滅しながら
いかにもたしかにともりつづける
因果交流電燈の
ひとつの青い照明です
（ひかりはたもち　その電燈は失はれ）
（以下略）

これを読んで、賢治研究家はたくさんいますが、よく分らないと言います。中にはトンチンカンな解釈を下している人もいます。しかし私達スピリチュアリストにとっては、これは余りにも自明な、至極あたり前のことです。

「わたくしといふ現象は、あらゆる透明な幽霊の複合体」とは、私は霊、人も霊ということです。また自分は一人きりの孤立した存在ではなく、他者の霊、動物の魂、植物の魂ともつながる複合的な生き物だと言うのです。但し、霊も魂も肉眼には見えませんから、「透明な幽霊の」と表現したのです。しかし、こんな表現は、現に霊の姿が見えて、互いに交流しているのが感じられる人でなければ、決して書けないことです。賢治には霊が見えたのです。そうして「人は霊」「人は孤立的存在でなく、複合的存在」だと確かに知っていたのです。

それだから、「有機交流電燈」と言ったのです。人と人、人と動物、人と植物は、霊的に心と心で交流し合っているのです。でも「仮定された」と言ったのは、いつも一定の人と動物と植物と交流し合うのでなく、その都度交流し合うものが変わるのです。

どういうふうに？ というと、「因果交流電燈」なのです。これをスピリチュアリズムの法則で言いますと、因果律の波長の法則によって、浄い心を持てば高級霊と交流し、汚い心を持てば邪霊と交流する、ということです。これは因果律によって狂いがありません。従って、人間とは頼りない操り人形の複合体でなく、自分次第で高級霊にもつながれば、邪霊にもつながる、「いかにもたしかにともりつづける」「ひとつの青い照明」なのです。一個の独立した霊存在です。

何という、スピリチュアリズムにピタリの、正確無比な明確な人間解釈でしょう。これは宗教や哲学では分らない、心霊研究で霊的に人間を知らなければ知り得ない、霊的人間構造です。賢治が心霊研究を学んだという確かな証拠はありません。浅野和三郎氏が日本に初めて科学的な心霊研究を付植した「心霊科学研究会」を創立したのは、その前年の大正十二年のことにすぎませんから。従って、賢治は心霊研究によって人間の霊的構造を知ったのでなく、自分の天性の霊眼で見て正確に知っていたのです。

しかも、この知り方は、そこらの霊能者の知り方見え方とは、一頭地を抜いた霊覚者の見方です。普通の霊能者なら霊が見えますから、人間は「透明な幽霊の複合体」くらいすぐ分ります。自分は霊、人も霊、霊はそこらにうようよいるということです。それから「因果交流電燈」くらいまでなら何とか分ります。自分が良い心を持ったら守護霊と感応し、悪い心を持ったら低級霊と感応するということです。しかし、ここから先は霊覚者の領域です。「いかにもたしかにともりつづける、ひとつの青い照明」、これは霊覚です。自分の心いかんで、自分の世界が変わるから、「いかにも確かに灯り続ける、一つの聖なる光」なのです。自分の清浄な心、または邪悪な心で、天地がそのとおりに変わるのです。ですから「確か」な、「一つの」独立的存在であるし、また「青い」つまり聖なる「灯り続ける」ことの可能な、「照明」（光）なのです。しかも、肉体である「その電燈は失はれ」ても、本当の自分である霊（光）は死後も「ひかりはたもち」永久的存在なのです。

このことを釈迦もイエスも別の言葉ではっきり教えています。

釈迦は、いちばん釈迦の生《なま》に近い言葉が残されているといわれる『法句経』の劈頭の言葉で、「諸事意をもって先とし、意を主とし、意より成る」と言っています。つづけて〈もし汚い心を持てば苦の世界となり、もし浄い心を持てば、世界は楽園となる〉と教えています。人はこの言葉を、単に浄い心を持てば自分の心の世界が楽しくなり、せいぜい周辺の世界が変わるくらいにしか理解しませんが、そうではないのです。地球が変わるのです。あなたの物質的環境も変化し、人々も天使のように変化し、動物も植物も石ころも光を発して次元が変わるのです。そうでなければ、釈迦は決して最初にこの言葉を置きません。わざわざ世界を変えるために釈迦はこの世に出て来ませんでした。

イエスも全く同じことを別の表現で言っています。「神の国は内部にある」と。霊という世界を変える光があなたの内にあると教えているのです。この光とは神です。従って、これに気付けば、あなたが変わるだけでなく、あなたから出た光が、光である神の姿のとおりに世界を変化させるのです。これが神の国です。あなたの内にある神の国が、あなたが気付けば、外に神の王国を築くのです。

ただ一つ、ここで付言をしておきます。「気付く」とは愛に生きることです。内にある神の光とは愛ですから、内にある神に気付いた人は愛に生きるのです。すると自分は神の王国に入るだけでなく、この愛によって世界が愛、つまり地上天国に変わるのです。その点、釈迦も全く同じことです。〈浄い心を持てば世界が変わる〉とは、その「浄い心」とは「菩薩行道」のことです。つまり世のため人のため愛と奉仕に生きることです。これが世界を変えるコツです。その「コツ」である「意《こころ》」が人間の内にあると釈迦は教えたのです。同じようにイエスもそれを「神の国は内部にある」と表現したのです。

さて、賢治はそこまで分っていたかどうか疑問です。いいえそこに到達するのはもう少し先、デクノボーの自覚に達してからです。しかし、少なくとも北海道旅行の時には、「人は霊であり、複合体であり、但し因果交流電燈の色合いや光度を決めて、たしかにともる一つの照明」くらいには知っていたと思います。

それがいっきょに、「みんな昔からのきやうだい」になってしまったのです。つまり、「いのちはたった一つ」になったのです。言い換えると、因果交流電燈の交流し合っていた他人や動物や植物が、みんな兄弟、つまりもともと一つの血につながる生き物になってしまったのです。それは「青森挽歌」などを読めばすぐ分るのですが、あまりトシ一人の愛の心に狂って、危うくトシの幸福だけを追い求めようとして、賢治は不意に「因果交流電燈」の本当の意味に気付いたのです。あれは他者と他者との交流でなく、もともと兄弟だから交流し合っていたのだと。危ういトシ一人の愛におちいるエゴが、不意に賢治の襟首をつかんで、賢治を引き戻しました。愕然として賢治は言いました、「みんなむかしからのきやうだいなのだから」……「けつしてひとりをいのつてはいけない」……「ああ　わたくしはけつしてさうしませんでした」と。

こうして、賢治の人間への理解は深まりました。「人は霊」だけでなく「人は同胞《きょうだい》」なのです。ですから賢治はすぐこう言います、「大きな勇気を出して、すべての生き物の本当の幸福を探さなければいけない」と。賢治のトシに傾けた愛が、こうしてすべての生き物への愛に変わりました。これがトシの死の意味です。

この試練をへて、賢治が生涯を傾けての、みんなの本当の幸福を探す旅が始まります。こうして翌年から書き始めたのが、有名な『銀河鉄道の夜』です。あれはトシに代えて皆の本当の幸福をこの宇宙の中に探しあてようとする、壮麗な銀河鉄道の旅です。大正十三年から書き始めて、四度書き直し、昭和六年の第四稿が現在私達が読んでいる『銀河鉄道の夜』です。つまり、賢治は昭和六年に「すべてのいきもののほんたうの幸福」を探しあてたのです。それが「デクノボー」の自覚です。では、私達は賢治とともにデクノボーを尋ねる旅を続けましょう。

三　デクノボーの自覚

賢治は大正十五年三月をもって農学校の教師を退職します。それは「毎日わずか二時間・四時間の明るい授業と、二時間位の軽い実習で、相当の量の俸給が保証され、汽車にも乗れ、好きなゴム靴や縞のシャツも自由に買え、子供達にもごちそうしてやれる、そういう安固な待遇を得ている」自分に耐えられなかったのです。

当時の農村は貧しく、みんなと同じでない自分をきっと罪に感じたのでしょう。それに、日蓮と同じように殉難こそ法華経を伝える者の道、また、疲弊したまわりの農村を仏国土のようにすることが己が使命と、そう決断したのでしょう。

そうして、羅須地人協会を作ります。花巻の郊外にあった宮沢家の別荘で、自活自炊の農民の生活に入ります。そこで農民講座を開き、農村の青年を集めて農業指導だけでなく、文学や音楽

復元された羅須地人協会

も組み入れて新しい農民をつくり出そうとします。また肥料設計相談所を設けて、近辺の農民達に無料で農作の指導と相談にあたります。
それは、「酒も呑まず、煙草ものまず、カカアももたず」と、自分で言ったそのままの生活でした。睡眠も三～四時間にけずり、寒中でも井戸端で身体を拭い、食は粗食をきわめました。何日分もの飯を一緒に炊き、冬は凍った飯を金づちで割って食べました。人が訪ねて来ると、それに湯をかけ醤油をかけて出しました。
収入がないので、持っていた蔵書を売って生活費や運動費にあてました。賢治は洋書（英語とドイツ語）を沢山持っていて、それが方一間（約二メートル四方）の本棚に一杯あったのですが、最後には何もなくなりました。

無理がたたって、昭和三年八月十日に倒れます。両側肺浸潤だったのです。以後、病臥の生活がつづきます。調子のいい時には詩を書いたり、古い原稿に手を入れたりして過ごしました。賢治の心中はどうだったでしょう。農村の仏国土つくりは未完です。「すべてのいきものの本当の幸福」はまだ探し出せていません。

昭和五年になると、賢治はもうじっとしておれません。友人達にさも病気は治ったように手紙で言いふらしています。実際に少しは良くなっていたのです。しかし、とうとう完治しないうちに、翌年の昭和六年一月には、東北砕石工場の技師として就職します。それは賢治が研究した肥料を製造して売る会社です。これからまた賢治の不眠不休の活動が始まります。四十キログラムの重さの商品見本を入れたトランクを持って東奔西走します。

賢治という人は献身ということを身をもって行った人です。それが肥料という、農村の賦活に役立つならばと、自分の今ある状況下で出来る奉仕に全力を傾注しました。その結果倒れて死ぬのですが、人はこのことを愚と見なすのですが、「なにがしあはせかわからないです。ほんたうにどんなつらいことでもそれがたゞしいみちを進む中でのできごとなら」(『銀河鉄道の夜』の中の灯台守の言葉)。そうです、賢治はその結果倒れますが、この献身が人類に「デクノボー」という珠玉を残すことになるのです。

その年の九月十九日、花巻を出て上京します。その夜仙台に一泊します。隣室の客が一晩中酒を飲んで騒いで眠れませんでした。翌二十日、列車に乗ります。向かいの席に初めて列車に乗ったという婦人がいて、珍しがって窓を開けて外を見ていました。人の喜びを少しも傷つけたくない賢治は、そのまま風に当たったまま疲れて眠ってしまいました。東京の宿に着いた賢治は、その夜から烈しく発熱します。急性肺炎でした。

翌二十一日、高熱で死の危険を感じた賢治は二通の遺言を書きます。父母宛と弟妹宛です。九月二十一日のことでした。

あやうく国元との連絡がついて、九月の末に花巻に護送されます。それから二年間、死の時まで病臥の生活がつづきました。

ここに一冊の奇妙な手帳があります。『雨ニモマケズ手帳』と呼ばれています。奇妙というのは、賢治の死後一年半たって、賢治のトランクの裏ぶたのポケットから偶然発見されたのです。実はその中に「デクノボーの悟り」に至った賢治の秘密のすべてが込められていたのです。

その中に「十一月三日」と呼ばれる詩があります。それが有名な「雨ニモマケズ」の詩のことです。これは詩ではなく一種のメモで、そこに十一月三日と日付が書いてあったので、こう呼ばれるのです。この「雨ニモマケズ」の中に、ご存知のように「ミンナニデクノボートヨバレ　ホ

メラレモセズ　クニモサレズ　サウイフモノニ　ワタシハナリタイ」という、あの有名な「デクノボー」という言葉が出てくるのです。私に言わせると、この十一月三日が、賢治がデクノボーの悟りに到達した記念すべき日です。

この『雨ニモマケズ手帳』は、昭和六年賢治が花巻に護送された九月の末から、その年の十二月までの間に書かれたものです。その間、賢治の枕元にトランクが置いてあり、年の暮れに蔵の中にしまわれたからです。その間、賢治は思いのままを手帳に書き、またひそかにトランクのポケットに隠しておいたのでしょう。

さて、十一月三日の「デクノボーの悟り」に至るその前の事情を見てみましょう。

手帳の初めの方に「三十八九度の熱悩、肺炎流感結核の諸毒、汝が身中に充つるのとき」となっていますから、日毎、三十八、九度の熱にうなされていたのでしょう。

その数ページ後、たぶん十月二十日と思われます、階下に妹夫婦が住んでいまして、幼い子供(賢治の姪)が烈しく咳をしては泣き、泣いては咳をしています。賢治はそのことをこう書き記しています。「如何なる前世の非にもあれ　ただかの病かの痛苦をば私にうつし賜はらんこと」と。賢治は耳につくその痛苦を、三十八、九度の熱悩の中で聞きながら、どうぞ私にうつせと祈ったのです。自己犠牲の愛とはこのことです。私共ならば、私の熱悩を神よ仏よ治して下さい、階下の小娘の咳の何とうるさいこと、と思ったでしょう。

その四日後、十月二十四日から二十五日へかけてと思われます。こういう記述が見えます。

「聖女のさましてちかづけるもの　たくらみすべてならずとて　いまわが像に釘うつとも　足をもて　われに土をば送るとも（あゝみそなはせ）……衆怨ことごとくなし」。

これは恐らく、かつて賢治に横恋慕した女性がいました。クリスチャンで教師でした。その気のない賢治は、私が一人の時は来ないようにと釘をさし、それでも来ると居留守をつかい、時には鍋墨を顔に塗っておどけてつくろってみせました。そうしたことをその女性がひどく恨んだのでしょう。賢治には本人の痛苦がよく見えました。恨みがましい心情が胸を刺しました。けれども、賢治はその逆恨みともとれる心の針を、「衆怨ことごとくなし」とうけ止めたのです。それだけでなく、「たとへ三世の怨敵なりとも亦《また》、斯《かく》の如き痛苦あらん（われそが解けんを至らしめ）をねがはじ」と言っています。

それが三世の敵であっても、その敵にそんな苦痛があることを願いません。いいえ、私がその痛苦を取ってあげたい、と言い切っています。これまさに、「汝の敵を愛す」です。

こうして一週間後に、十一月三日「雨ニモマケズ」を書くのです。

その十ページ後、おそらく同じ日か、もしくはその直後、賢治は「土偶坊」という劇の構想をたてて、それをメモしています。全十景のうち第三景にこう書いてあります。「青年ラ　ワラフ。土偶ノ坊石ヲ投ゲラレテ遁ゲル」と。私達はこれで「デクノボー」が法華経の常不軽菩薩をモデルにしたもの、賢治がそれを理想としたことが手に取るように分ります。

私達はここで、法華経の常不軽菩薩について見ます。『法華経』は全二十八章から成りますが、その第二十章つまり「常不軽菩薩品第二十」がこれです。この章は法華経の中で最も重要なものと私は見ます。仏国土（地上天国）の作り方がここに預言されていますからです。

常不軽とは「常に軽蔑された男」という意味です。昔々そう呼ばれる一人の男がいました。なぜかというと、会う人ごとに彼はこう言ってその人を拝みました。「私は貴方を軽んじません、貴方を礼拝します。貴方は仏となられるお方ですから」と。人はこれを馬鹿にし、ののしり、杖で打ち、石や瓦を投げました。しかしその男はそれを避けて逃げると、再び遠くからその人を同じように拝みました。

その男が死ぬ時、天の上から如来の声がひびき、法華経を説きました。男は直ちにそのすべての意味を理解し悟りを開きました。それまでの、人を仏として礼拝しつづけた功徳がその男の魂の目をすっかり開いていたのです。

その男は生まれ変わって如来となり、法華経を説きました。何度も何度も生まれ変わって、実に無慮無数の人々を導いて仏にしました。かつて彼に石を投げ、ののしり、杖で打った者たちもすべて弟子となり、法を聞いて悟りを得ました。最後に釈尊はこう言いました。その男こそ誰であろう、この私ですと。

皆さん、ここに地上天国つくりの極意が書いてあります。人を神として礼拝する者は、自分が神になるのです。相手も神になるのです。相手も自分もすべての人が神になれば、それが地上天国です。釈尊は見事に常不軽菩薩の実践をもって自ら仏となっただけでなく、後の世に仏国土を作る法をここに説いたのです。それは単純な唯一の真理、「人は神」それを自分が行うこと、それだけです。

賢治はまさしくこの悟りに到達したのです。彼が探し求めた「すべての生きものの本当の幸福」になる道、それは常不軽のように「人は神」として礼拝することです。それが「デクノボー」です。

賢治がまさしくこの悟りに到達したことは、「雨ニモマケズ」のメモの数日前の状況を見れば手に取るように分ります。姪の痛苦を我れにうつせと、三十八、九度の熱悩の中で祈った自己犠牲の愛。それに自分の像に釘うつ者、足で土をかける者の、心中の痛苦を思いやり、私がとってやりたいと書いた「汝の敵」への愛。これは石を投げられ、杖で打たれ、ののしられても、その敵を礼拝した常不軽そのものです。この敵への愛、敵を神として礼拝するのが、本当のデクノボー、「すべての生きものの本当の幸福」への道です。賢治は常不軽と殆んど同じ道をたどってここへ到達しました。羅須地人協会での自己犠牲の献身、東北砕石工場での不眠不休の東奔西走。常不軽が身のまわりの人をすべて礼拝したように、賢治は自分の身のまわりの人々に自分のすべてを尽して神として拝むように献身したのです。ここに、賢治も常不軽につづいて私達に地上天国つくりのモデルを残してくれたのです。

「敵を拝む」ことが「人を拝む」ことです。（常不軽がそうしたように）。自分の好きな人だけを拝むことは、賢治が「みんな昔からの兄弟なのだから、決して一人を祈ってはいけない」と言ったようにエゴ愛です。敵を拝めて、初めて私達は人を神として拝むことになり、本当に地上天国が生まれるのです。このほかに地上天国を生む道は一つもありません。

しかし、敵を拝む人は、自分の罪を感じる人です。賢治が「おれはひとりの修羅なのだ」と言ったのには深い深い意味があるのです。「人は神」と思える人は、永い永い期間自分が犯した罪に思い当たります。人を傷つけ、人を裏切り、人から奪ったことは（どんなに私達は多くの過去世でそれをしてきたことでしょう）、すべて神を傷つけたのです。それだけでなく、人の悪口を言い、心にあいつは馬鹿、性悪と思っただけでも、人である神を傷つけたのです。こう思えば、私達は幾千幾万幾億年この方、神を傷つけ神を犯してきました。

それだけではありません。私達は世界で最大の恩人を踏みつけにしています。賢治や常不軽菩薩がなぜ敵を拝む気になったのでしょうか。それは敵が最大の師であるからです。もし敵がいなければ、私達は決してこの世に光があることを知ることは出来ませんでした。敵が憎んだから私達は憎みました。敵が恨み仇《あだ》をしたから、私達は憎み仇を返しました。それで因果がめぐり、私達は痛苦を受けました。それが試練です。この苦しさから私達は光を求めました。それで初めてこの世に光があることを知ったのです。

光を求め、光が善であることを知り。善を求め、善が愛であることを悟り。愛に生きようと思い、その愛が神であることに思い至りました。こうして必死で神を求め、神に触れようとし、ついに神に触れて神に救われるのです。

もし敵がいなければ私達は決して神に至ることは出来ません。その敵を私達は嘲罵し唾棄《だき》し除外し嫌悪し、ありとあらゆる暴戻《ぼうれい》と弾劾《だんがい》を加えてきました。この不明この愚迷は万死に値します。それだけではありません。敵である、いわゆる悪人・邪霊・低級霊・サタンは、私達のために罪汚れの役を引きうけ、終生そこから出て来ないほどの覚悟に見えます。罪汚れの役で私達からの嘲罵と唾棄と汚辱を受けたままで、私達が神に至る橋をじっと作っていてくれています。私達はその橋を渡って初めて神に至るのです。

皆さん、こういうことが私達に出来るでしょうか。少しの報いもなく、自分は罪に落としたまま、ただ他者を救うということが。これは人ではなく神です。敵とは神が姿を変えられた形です。その神を踏みつけにして、平然と私達は今まで過ごしてきました。ですからその罪は深いのです。この罪が償えるのでしょうか？

もし、唯一《ただ》つの方法があるとすれば、神を汚した罪は、神の最も喜ばれることをすればいいのです。それは神の愛《いと》し子である、すべての人、すべての動物、すべての石ころを愛することです。そうです、奉仕とは罪滅ぼしです。ですから、デクノボーは右手のしたことを左手に知らさない、無名の奉仕をします。

それでも、それで罪が消えるのでしょうか。宮沢賢治の「修羅」には、もっともっと深い意味があるように思います。何をしても許されない冷たい怒りに似た、

はぎしり燃えてゆききする
おれはひとりの修羅なのだ

（中略）

まばゆい気圏の海のそこに
（かなしみは青々ふかく）
ZYPRESSEN しづかにゆすれ
鳥はまた青ぞらを截る
（まことのことばはここになく
　修羅のなみだはつちにふる）

（詩篇「春と修羅」より）

神を犯した罪は消えることはないのです。もし、罪滅ぼしの奉仕で、かりに貴方の罪がすべて償い得たとして、天使への階段を貴方が昇ることを許された時、あなたは上ぼりますか？

まだ、貴方のために神に至る道を、土や敷石になって作ってくれた邪霊や低級霊やいわゆる悪人が、一人でも残っているとき。

ですから、もしその一人でもが、すべて貴方と同じ天使になって消える時、はじめて貴方の罪もやっと消えるでしょう。

宮沢賢治はここに思い至って、やっとホッとしました。彼はこのことを法華経から学んだのです。自分の罪が消える日のあることを。

（常不軽菩薩は、「人は神」として拝むことで、地上天国が生まれる法を人類に預言しました。釈迦となった常不軽は、何度も生まれ直して法を説き、「敵」をも含めて人を愛し、無慮無数の人を救いました。救い切れない人は、末法の時、大地震裂して地下中空世界より、無数の地涌菩薩やその随行者が出て、法華経を説き、法華経を実践して、必ず救うと預言しました。一人も救われ残る者のないよう、末法の日に弥勒《みろく》が出ると、釈迦は念を押して一切の法を説き終りました。）

皆さん、「人を拝む」とはこういうことです。最後の一人まで神に返った時がそれです。常不軽が「人は神」として礼拝したのは、最後の一人まで救った時、初めて真の地上天国が来ると教えたのです。

今までの「終末」は、一握りの善人が救われ、多くの人が選別されて死にました。それは死んだ人のせいでなく、善人である人の拝み方が違っていたのです。真に「人は神」として人を拝むとは、最後の一人の敵が天界に入るということです。これが本当の地上天国です。今までの終末は全部これと違っていました。ですから何度でもやりかえるのです。

今度こそは間違えないよう、釈尊は常不軽となって、地上天国の作り方を預言しました。人は神ですから、人を拝むとは、神である人が一人も地獄にいなくなることです。その時、人の罪がすべて消えるのです。この拝み方が、私達の言う「サタン改悛、全人救済の地上天国」です。これをやる魔術師がデクノボーです。

賢治も恐らくここに思い至ったと思います。ですから、死後一年半、昭和十年二月頃、先に述べました『雨ニモマケズ手帳』が発見された、その手帳の小さな鉛筆を差し込む穴から、何やら丸まった小さな和紙の紙片れが出て来ました。それに賢治の手でこう書いてありました。

塵点《じんてん》の劫《ごう》をし過ぎていましこの
　妙《たえ》のみ法《のり》にあひまつりしを

塵点の劫とは法華経からとった言葉で、はるかはるか数えきれない昔、ということです。ですからこの意味は、「遠いはるかな無慮無尽の年をへて、私はやっと法華経にめぐり会うことができました」ということです。

ここには、賢治の深甚な二つの思いが込められています。一つは、法華経に会って私ははじめて、罪の消える日があることを知りました。それは敵を愛して、最後の一人が天界に入る時、その日に自分の罪も消えるからです。

白雲と青空を映す石碑
「われらに要るものは銀河を包む透明な意志巨きな力と熱である」

二つは、ああこの仕事こそ、自分が如来から塵点の劫の昔から受け請ってきた使命だったと、霹靂《へきれき》のように思い当たったのです。

地涌菩薩の先駆けであった賢治は、これは誰にも言う必要のない、言われなくてもよいことなので、ひそかに紙に書いて手帳の鉛筆さしに差し込んでおいたのです。

賢治の一生は、ここで終っていいのです。常不軽菩薩のやったとおりを、現代でやってみせました。常不軽が杖で打たれ、阿呆とののしられたように、どこにでもある庶民の姿で人を神として拝むこと、ここにすべての人を救って地上天国に入る、今回の終末のやり方があるのです。賢治は羅須地人協会から東北砕石工場技師へかけて、平凡ですが同じことをやってみせました。そうしてこの年、昭和六年に最終稿『銀河鉄道の夜』を書き、そこに「すべての人のほんたうの幸福」に至る道を書き付けました。こうしてそれが「デクノボー」の道であることを、最後に一巻の経文のようにして「雨ニモマケズ」とうたいました。

宮沢賢治が、常不軽菩薩を現代に実践してみせたことは明らかです。どんなにそれがささやかな東北の一隅の青年の短い一生であってもです。その生涯と作品が現在こんなに光を放つのは、その中に光があるからです。高村光太郎が言ったように、賢治にはコスモスがあったのです。終末の「ほんとうの地上天国を作る」という壮麗なコスモスが。それをデクノボーと彼は事もなげに言いましたが。

それこそ、二五〇〇年前、釈尊が『法華経』によって預言した、地球が最終的に仏国土を作るための処方箋なのです。賢治はそのひとりの先ぶれ（偉大な先ぶれ）だったのです。

四　釈迦の預言

釈迦に大集月蔵経《だいじつがつぞうきょう》というのがあります。その第二十番を法滅尽経と呼びます。これは釈迦が入滅の直前に見た人類の未来の姿を、弟子のアーナンダに書き留めさせたものです。そこにありありと人類の終末の姿が写されています。釈迦はこう言いました。

私の寿命はもはや永くない。私の教えを聞いた者達とていずれは死なねばならない。そうなると、私の死後五百年は仏法は正しく伝わるだろうが（正法の時代）、その後千年は形だけのものとなり（像法の時代）、それから後はすっかり衰えて似ても似つかぬ時代が来る（末法の時代）、さてそうなると……

釈迦はこう語って、自分が見た世の末の様を次々と次のように述べました。

[終末の兆候]

人心が悪化する（親殺し、聖者殺し、酒とセックスで世が乱れる）。悪魔が僧の姿をとり、魔道がさかんになる。地震が起こり、異常気象となる（時ならぬ暴風雨、日照りが続いて地が割れ、ある所では水があふれる）。飢餓がおこる（作物は実らなくなり、餓死者があふれる）。食品汚染（ようやく手に入れた食物は毒を含む）。悪質の病気が次々と流行し、国と国とが争う。そして面白いことには、その頃には人の頭は四十歳で真白になると言っています。そういえば、いま西丸震哉著『四十一歳寿命説』がベストセラーで、西丸氏は昭和三十四年生まれの人から、平均寿命は四十一歳になると科学的に裏付けています。また釈迦は、その頃になると五道の罪がはびこると言っていますが、五道の罪の一つに、仏が身体から血を流すというのがあります。そういえば、いま、世界の各地にあるマリア像が涙を流したり、血を流したりする奇跡を起こしています。

こう見てくると、これは現在の状況にピタリではありませんか。現在《いま》は終末なのです。そうして、釈迦の見たものは、イエス・キリストの終末預言と一致しています。

イエスは世の終わりが近づくと……、と前置きして、弟子達にこう告げています。人心は冷えて愛を失い、法を犯す者が沢山出る。民と民が争い国と国が争う。地震が起こり、飢餓がある。偽預言者や偽キリストが出て世を惑わす。だがこれは予兆であって、まだ世の終りではないと。

しかし、この符号はいったい何でしょう。五〇〇年の差があり、印度とパレスチナと所を違えながら、終末の予兆の預言は両者がピタリと一致し、しかも私達の今の世界がこれにピタリなのです。

［終りの日］

釈迦は最後の日について、次のように伝えています。空中に大きな声がして、大地が震い、それは水上にひろがる輪のように見える。すると城壁が落下し、建物はとろけてつぶれ、大地は不毛となる。太陽も月も光を失い、星の位置がかわる。

イエスはこの事を次のように述べます。荒らす憎むべきもの（核兵器？）が来たら、何も持たずに山に逃げよ。今までになくまたこの後にもない艱難が起こる。これらの後直ちに、日は暗く、月は光を放たず、星は空より落ち、天地は脈動すると。

ここまで何と両者完全一致じゃありませんか。

イエスはこの後、救世主が天の雲に乗って来ると伝えます。そうして「これらのこと悉く成るまで、今の世は過ぎゆくまじ、天地は過ぎゆかん」と言います。すなわち、救世主の出現と、天地の姿の一変が最後の姿だと言って預言を終ります。

この点を、釈迦は何と言っているのでしょう。釈迦にはもう一つ預言の書があります。弥勒下《みろくげ》生経《しょうきょう》です。これは釈迦が祇園精舎で会衆に向かって、末法の日にマイトレーヤ（弥勒）が出現することを説いたものです。

それによると……、大地が形を変え、すべての町が滅び、四つの海の水が減る頃、地球の最も豊かな国の鶏頭城にみろくが生まれる。その瞳は青く、頭頂に肉髻《にくけい》（肉の盛り上がり、第三の目から出る光の放射）があり、全身から金色の光を放っている。それが世の救世主となる。弥勒は地上の魔王の心を変え、すべての人を救い、地上にみろくの世を出現させる。彼は八万四千のアラカン（悟りを開いた人）を連れてくると。

ここでもイエスと釈迦の預言はピタリと一致しているではありませんか。ただ釈迦がもう少しくわしく具体的に述べています。

私達はここで、宮沢賢治の姿をこの預言に重ねることが出来ます。みろくが地上の魔王の心を変えるとは、「サタン改悛」ということです。そうしてすべての人を救う（全人救済）、こうしてみろくの世の出現（地上天国の出現）です。何とこれは、私達が言っている「でくのぼう革命」そのものではありませんか。

イエスも釈迦も別のことを言ったのではありません。ただ一つのことを、別の時代に別の所で言ったのです。それこそ「サタン改悛、全人救済、地上天国化」、これこそ太古からある神界計画による地球変革です。

イエスも釈迦もそのために出現しました。それぞれ役割を持ち、役割を果たしました。釈迦は『法華経』で地上天国の作り方を、「人は神」として拝めと教え、重ねて終末の姿と、落着する地上天国の姿は「サタン改悛、全人救済」の形であることを、前もって教えておきました。五〇〇年後に出たイエスは、地上天国の作り方は、全く同じ「汝の敵」を愛するやり方だと教えました。そうして、二〇〇〇年後のいま霊的に再臨して、現実に霊幽界でサタンの改悛を実現し、バトンを私達人間の手に渡しました。

八万四千のアラカン（地涌菩薩）の先駆けとなった宮沢賢治は、全人救済の今度こそホンモノの終末は、「最後の一人の敵が天界に入った時、初めて己が罪が消える」という人間の罪の深さを、三十七年の生涯で身をスリ減らすことで示して駆け抜けました。

今、私達はこれから先師、先達の跡を検証し、こんどこそは正しい終末のあり方を間違えぬよう、『でくのぼう革命』というやり方で、「サタン改悛、全人救済、地上天国化」の仕事をボツボツですがやっています。これが悠遠の彼方からの神界計画「地球革命」ですから。私達はまさに塵点の劫を過ぎて、「この時」にめぐり会いました。

一九九〇年・10・28　でくのぼう祭・記念講演記録

Chapter 5

詩人は予言者か

——ネオ・シュルレアリスムについて

詩人は予言者か

――ネオ・シュルレアリスムについて

一、人類が滅亡して後、詩は存在したといえるか

　和気原澄生翁を訪ねたのは三年ぶりだった。私が学生時代から三十余年間私淑してきた魂の導師。昨秋出した私の第二詩集をたずさえて。翁は九十二歳にはとても思えない。痩躯ながらハリのある色艶の顔に、炯炯と光る眼光。今でも朝夕、茶匙五杯の蕎麦粉をねって食されるだけの粗食で、だが夜中三時間にわたり、世田谷一帯を疾走される。夜中走られるのは、人々を吃驚させないためだそうだが、雨が降っても雪が降っても、それはかわらない。

　まさに昭和の仙人である。知る人ぞしる。若い時から名利の外にあって、ひたすら独自の法で心気を練られた。私のように、これといって世の主義や思想になじめない者にとっては、またと

ない導師であった。

私は久濶をお詫びし、詩集を差出して評を請うた。翁はフムフムとページをめくってご覧になっていたが、「結構な出来じゃ」と云って、本を閉じられ、私を見てニコニコと笑われた。これなら合格だ、と私が内心ほくそ笑むと、翁の目が一瞬キラリと光り「ところで君達は、人類が亡びて後、詩が存在したと、言いきれるかね」と尋ねられた。私には何のことやら分らぬので、答えに窮していると、「いや、いま人類が滅亡の危機に瀕していることは、どう思うかね」ときかれるので、「それは、その通りです」と答えると、「だからじゃ、本当に亡びてしまった後になって、詩が過去に存在したと、詩人は自信をもって言いきれるか、ときいとるんじゃ」。これは私にとり難問である。

いつものことながら、翁の話は禅問答めいて、いっこうに要領をえぬ。だが、どうやら、翁は詩人の文明に対する責任を問うておられるようだ。そこで私は恐るおそる尋ねた。「つまり先生は、詩人と人類滅亡とのかかわりあいは何か、ときいておられるのですか。」「そのことじゃ」。翁はそう云われたきり、後は何も云われぬ。

はて、どんな責任を詩人は人類滅亡に負えばよいのか。たしかに、いま、人類は滅亡しかかっている。曰く、公害・核戦争・人間疎外・どの一つをとっても、人類滅亡は必至である。しかし、それは科学技術文明の所産ではないのか。すると、「責任を他に転嫁してはいかん」、翁の雷のような声が響く。そんなことはない、詩人だって、科学技術文明の暴走を怒り、ペンをもって烈しく抵抗しているではないか。すると、「生きるとは、責任を負うということだ」、翁の厳しい調子がつづく。

なるほど、確かにそうだ。文学だって、生死と深くかかわりあうものだ。どの一つの死も他人の死であってはいけない。すると、人類の滅亡とは、どのような自分の死であるのだ。その時、ふと私は思い至った。私が『同年の兵士達へ』の詩篇を書いたのは、彼等の死が私の死に思えたからだった。目の前に浮ぶ幼馴染みや学友の死は、まさにそういう死だった。いま彼等は「むなしい戦いで戦死した者」の名で葬り去られている。だが、そういう死で切断された彼等の生とはいったい何であったか。それは永久にむなしい死でストップしたすべてのむなしい生である。

そういう惨酷な生の否定にわれわれは耐えられるか。私が彼等なら、おそらくそういう死を押しつけた運命や呪われた戦いへの怨念を、永久にはらすことはないであろう。だが、生き残った者はいい。どのようにでもその生をやり直すことができる。しかし本当は吾々は生をやり直しただろうか。いま公害や核や人間疎外で、うちひしがれた世界を見る時、吾々は、もっと大きな空しい死が迫っていることを予感する。でも、生きていることはよいことだ、束の間の生であっても、いろいろな気晴らしで気をまぎらせることもできる。然し、死んだあいつらにはそれすらどうしようもない。

もし彼等の死が私の死であるならば、その生を空しいものから生き返らせるすべが外にあるか。その時、私ははっきり知った。それは、この戦後の世界を、価値あるものに変えることの外にすべはない、と。つまり、彼等が死んだのは、価値ある世界を創るためであったと、事実をもって互いに納得することのほかにないのだ。そして、それは生き残った者の、生き残ったことの務めである。

戦後は未だ始まっていない。敗戦のままである。暗い荒地へいどむ者はあっても、荒地は荒地のままである。なぜ荒地から、何かが生まれないのか。なぜ世界は変ろうとしないのか。しかし逆に世界は暗い方へばかり沈んでいく。

そんな感慨をもって、ふと翁を見上げると、いつしか温容にかえり、私を見てニコニコしておられる。然し、目の一点の光だけは相変らず鋭い。翁は言われた。「この詩集は、戦死者の死を自己の死とうけとめている点でいくらか詩になっている。然しまだ被害者の意識だな。こういうことでは地球はつぶれてしまうよ。」

私は一瞬たじろいだ。翁は何を言おうとしておられるのか。その意図ははかりかねたが、何かえたいのしれない秘密が隠されているような気がした。「先生、被害者意識がいけないというのなら、加害者ということですか。私は何かの加害者ということですか。」「左様さな……。ま、詩人は特にそのようなものじゃ。」まさか、先生、私が戦争の加害者というほどのことでもありますまい。それとも、そうですか。それとも何か、人類滅亡の加害者とでもいうことですか。

　すると、不意に翁はカラカラと笑われた。「謎がとけた。それじゃ、それじゃ」と大きな声で嬉しそうに言われた。私には何のことか分らず、狐につままれたような気持になった。が、ふと翁が最初に言われた言葉が強く思い出された。「人類が滅亡して後、詩は存在したか。」ああ、このことか、このことか。翁は人類の滅亡を自分の事としてうけとっておられる。然も自分がその加害者として。そういう翁にとり、滅亡はむなしい戦いの終りに似て、それ以前のすべての生を空しいものに変えてしまうのである。滅亡はまさに空しい戦いであり、生はそこですべての空しいものとしてストップする。私には、荒涼たる人類の相貌が目に浮ぶような気がした。その時、かつて詩と称したものはいったい何であったか。誇らかに生を讃え、得々として生死の秘義を探るものとして、自ずら高く自負してきた詩が。およそ文明というものがすべて空しいものに思えてきた。そうではないか、人間だけが創り得るものとして自負してきた文明が、その文明じしんによって人類は亡びようとしている。その時、人類のすべてがむなしい。

それまでじっと私を見ておられた翁が、こう言われた。「いま、君は文明はすべて空しいと考えたね。」「その通りです。」「で、文明はただ空しいだけかね。」「と、おっしゃいますと。」「いや、文明を加害者だと考えないかね。」ああ、その通りだ。もし、人間に文明を創るということがなければ、文明によって亡びるということもない。文明は明らかに加害者である。すると、文明の一端を担う詩も加害者である。吾々が、文明といい詩と呼んできたものは、実は文明でも詩でもない。それは反文明であり、似而非詩である。

「いま、君は人間の文明創造力を呪ったね。それは間違っている。人間が本当に断罪すべきは、自己自身だ…………。君達は人類滅亡の要因を、科学技術文明と考える、それは近代西欧で生まれたと。それはそれでよい。だが本当は、それは人類五〇〇〇年の狂気の所産じゃ。」はて、またまた翁はへんなことを云われる。人類五〇〇〇年の狂気とは何か。「狂気は狂気じゃ、人間の心狂いじゃ、五〇〇〇年間の狂い放しじゃ。」だから文明は狂い放しと云われるのか、だから人類もそのために亡びると云われるのか。

「そのことじゃ」翁は嬉しそうに膝を叩かれた。そうしてポツリと付け加えられた。「狂気は、自分が狂気とは思えんものじゃ。」翁にかかってはかなわない。人類はとうとう狂気にされてしまった。然し、いったい、いつから、どのように、人類は狂気なのか。本当にそうだとすれば、人類は文明を根底から創り直さなければならない。

二、アラジンの寓話

人類の狂気について説明を求めると、翁はしばらく腕を組んで考えておられたが、やがて腕をとくと、「これは理窟では説明しにくい。かといって歴史的に説明していたのでは長ったらしくなる」と、こう前置きされて、次のような寓話をもって説明された。

昔々のことじゃ。神が創造の御業をあらかた終えられて、さて次の創造にとりかかるにあたり、助手を創り給うた。その者は神に創られた神の御子であるから、何よりも神に似ていた。神に似ていたとは、神性、つまり創造力を具えていたのじゃ。と申しても、この者は神ではないから、無から有を創ることはできぬ。ただ神の創造の模写、いわば神の素材を使って神の御姿を描いてみせるというほどのことじゃ。然し、この者の外に創造力をもつ者はいなかったので、この者は世界の中で最も尊い存在であった。神はこの者にアラジンと名付け給うた。

アラジンは初め神の顔をもつ神々しい存在であった。ただ幼児のことであるから、時にはハメをはずして神を苦笑させることもあった。しかし、何よりも神を慕い、神を求めて、決して神から離れることはなかった。

ところが今から五〇〇〇年ほど前、アラジンは物心ついたと申すか、神から離れて独り歩きすることを覚えた。つまり天性の創造力を使い、大地の中から、富と武力と権力をひき出すことを覚えたのじゃ。彼はこの力を己れの力と思いこみ自惚れ心をもった。それからは神に隠れてひそかに己れの家を建て、己れの国を造り、この力で治めることを始めた。これを文明の成立と申す。つまりアラジンの反逆の始まりじゃ。と申しても、その反逆は未だ他愛のないもので、せいぜい神の真似をするくらいで、丁度、子供が親の真似をしたがるように、己れの世界を作って神を気どるという程度であった。

ところが、時を経て神真似もだんだん上達し、すっかり板につくようになった。左様、今を去る二五〇〇年ほど前、アラジンは神の知慧を盗んで学問を作り、神の言葉を盗んで宗教を作り、神の荘厳に倣って芸術を作り上げた。

その出来栄えが余りみごとであったので、いつしかアラジンは自分は神ではないかと思うようになった。それは今から五〇〇年ほど前のことじゃ。彼はこの考えを、ヒューマニズムとかいううまい言葉を使って自分自身をも欺き、とうとう本気で自分は神だと思いこんでしまった。これがアラジンの狂気じゃ。これが狂気でなくてなんとする。子が親になり代ったのじゃ、被造物が創造主にとって代ったのじゃ。

さて、とはいえ、やはり困る。神は依然として在る。これでは神の世界を横取りするわけにもいかぬ。そこで、アラジンは神の殺戮を計画するようになった。その頃からじゃ、アラジンの顔が嘗ての神の子の面影を失い、似ても似つかぬ魔性の相貌をおびるようになったのは。ま、アラジンの本性が現われたとでもいうか。つまり、アラジンは神の子と悪魔との二つの顔をもつ妖怪であったのだ。いや、そう云ってはいかぬな、アラジンは、もとはやはり神の子じゃ、悪魔の顔は、彼の慢心がつくり出した、いわば仮相の顔じゃ。

それからのアラジンは神の殺戮に熱中した。その方法は巧妙をきわめた。まず、宗教で神を寺院の中に閉じこめた。次に哲学で机上におびき出し、血の気を抜いた。最後は、近代科学という危険な武器で、とどめを刺した。これで一巻の終りじゃ。

だが、これでドラマが終ったわけではない。神殺戮のくだりで舞台は暗転し、次の場面に入る。で、暗い舞台をよくよく目をこらして見ると、其処にはついぞ見かけたことのない奇妙な奴が登場している。其奴は頭にコンピューターをつけ、右手にランプを、左手には指輪をつけている。其奴が指輪をこすると、たちまちロケットに乗って宇宙にまで跳び上り、ランプをこすると、みるみる便利な財貨を山と築く。しかも、其奴はこの仕掛を、頭につけたコンピューターでいとも易々と操作しておる。ま、いわば神の全知全能のイミテーションというところか。

ところが、此奴がとんでもない悪魔でな、その顔ときたらアラジンの魔性の顔に瓜二つ、出てくるなり、いきなりアラジンの喉笛に食らいついた。アラジンは吃驚して跳びのいたが、なろうことか、たちまちつかまり、その心の臓はみるみる食われ始めた。此奴の好物はアラジンの心臓、つまり創造性でな。ま、かようなわけでアラジンの余命はいくばくもなしということに相成った。

ナニ、此奴の正体か。悪魔じゃ、正真正明の悪魔じゃ。此奴の親はアラジン、名はアラジン二世、生まれは二十世紀じゃ。ナニ、なぜ悪魔かと？　ウム、これにはいささか出生の秘密があってな、親のアラジンすら未だ気付いていないということだ。いわば此奴はアラジン創造性の傑作というか、いやアラジンの悲願の結晶と呼ぶべきか。そもそもアラジンが「自己は神なり」と思いこんだあの日、本物の神に自分を仕立てるために助手を必要としたと思いなされ。で、アラジンが脳漿をしぼって作り出した助手が此奴じゃ。だから、此奴はいま見た通り、跳ぶ・作る・知るの三つにかけては天下一品じゃ。ま、神の全知全能の生まれ代りと云うべきか。だから、アラジンはこの傑作を得て後、天下はれて神の玉座についたというわけじゃ。

ところが、この傑作には思わぬ落し穴があってな。アラジンはついうっかりこの者に魂を封入してしまったのだ。それも親殺しの魂をな。知っての通り、アラジンには創造性がある。これは被造物に生命を与える神秘な力じゃ。アラジンの迂闊とはここのところじゃ。よいか、アラジンは、あの日、自己を神に仕立てようと願った、そのことはつまり、神を殺すということじゃ。この神殺し、親殺しの妄念が、此奴の魂となって宿ったのじゃ。此奴は根っからの悪魔である。ただ此奴には永遠の生命はない。ナゼかお分りか。つまり、此奴には神の血は通っていないということだ。そもそも、此奴の出生が、かの日、アラジンと神との切断にあったのだから。その故に此の者は渇く。生命を永らえるために、常に神の生血をすゝらねばならぬ。その血は今アラジンの心臓にのみ残されている。お分りか、ナゼこの者がアラジンの心臓を好むか。それこそ神性の檗、生命の根源——創造性なのじゃ。

三、文明の原点

翁の寓話はそこで終った。話し終えると、翁は「いかがかな」という面持で、私の方を見て黙っておられる。私には、話が終ったどころではない。アラジンの運命が気がかりで仕様がない。

そこで私は翁に聞いた「それから、アラジンはどうなるのですか。」翁はいともぶっきらぼうに言われた「このドラマに第二幕はない。」それでは、アラジンは見殺しではないか。そういう私に追いうちをかけるように翁は付け加えられた、「それにじゃ、アラジンは自分の運命にまだ気付いておらぬ。それどころか、まだ、自分の息子への盲愛にうつつをぬかしておるのじゃ。」これでは話にならぬ。然し、私はそういうアラジンの愚かさに、むらむらと怒りがこみ上げてきた。

そんな私に翁はおかまいなく続けられる。「アラジンのこうなる定めは五〇〇〇年前につくられていた。アラジンが慢心を起したあの日にな。」では、五〇〇〇年の歴史は無駄であったと云われるのか。「さようさ、いわば死児を抱いて温めてきたようなものじゃ。」

何ともむごいことを、それではアラジンが可哀そうではないか。私のアラジンへの怒りは憐みに変った。それにしても、アラジンは何故そんなに愚かなのか。翁はその疑問を鋭く察知されて、「アラジンが愚かなのではない。アラジンの身内の秘密がそうさせたのじゃ。」身内の秘密とは何か。「神のみが知り給う、創造性の秘密じゃ。創造性とは他に生命を与える力じゃ。この力を得た者は創り主に代ろうと願う。アラジンにはこの力が与えられていた、そのことをアラジンは知らなかった、それだけのことじゃ。」

あゝ、またしてもむごい。それならアラジンはむしろ、鳥やけものや魚でありたいと願っただろう。それでも、アラジンは容赦なく死ぬ。誰よりも明らかな死を。この不滅の死に代る何か賜ものを、神はアラジンに与えなかったのだろうか。

その疑問に翁は答えず、指を突如空の方へ向けて、一本つっ立てた。そのままの姿で、「神とアラジンとが一つに結ばれている。そのことがもう一つの不滅である」と、何か分ったような分らぬようなことを言われた。その時、私には何かふしぎなエネルギーが天地の間を走って、私の身体を通りぬけるのを感じた。それは感動というよりも、真白な光そのものであった。

私はふいに、目の前に世界が明るく明るく見えてくるような気がした。私はたまらなくなって、翁に言葉をかけた、「分ったようです。神と切れたアラジンが立っています。もしアラジンが神の顔を思い出したら、アラジンは助かるのですね。」心なしか、翁の目がみるみるうるんでいく、そんなふうに思われた。

「で、アラジンは、それが思い出せるかね」、翁はゆっくり尋ねられた。魔性に変貌した妖怪のアラジンに、捨てた顔が思い出せるか。もはやそれは世界のどこにもない。神は抹殺された、独り子のアラジンもそれを忘れた。手がかりは僅かにアラジンの古い記憶の中にしかない。しかし……「手がかりは……」翁がたいへん悲しそうに言われた、「アラジンが自分の手で消した。」しばらくなぜか沈黙がつづいた。

私が当然のようにきいた、「なぜですか。」翁は黙ったままイヤイヤをされた。どうにも手だてがないというふうだった。翁にとっても、私にとっても、これからひどく嫌なものに触れる、そういう長い時間だった。

翁が漸く口を開かれた。それはなぜか自分のいちばん暗部に触れる人のような暗さであった。「もし、アラジンが神の顔を思い出せば、アラジンの身体に、もう一度神の血が流れる。そのことは此の世に神が復活することである。その時、神の光によって悪魔の姿が消える。アラジンは元の生まれたままの神の子に帰るのである。

しかし、神の顔は神の血によるほか思い出すことはできない。その血が今アラジンには流れていない。それは、五〇〇〇年も前に、アラジンが自分の手で、流れることを止めたからである。だから、アラジンは今、自分の手と目でしかものを考えることができない。被造物の手と目では、被造物にしか触れることはできない。だから、いつもその手と目から、神はこぼれるのである。

そのような悲しいアラジンの習性を、吾々は近代科学と呼ぶ。吾々はいつも云う「これは在る」と。しかし、それは単に被造物に触れているにすぎないのである。被造物は永遠の生命をもたないから、いつかは亡びる。しかし、被造物は土の精であるから、富と力の源泉である。だから近代科学を信奉する者は、限りない富と力を手にすることができる。しかし必ず亡びる。アラジンは、この近代科学によって、神を殺すことができた。しかし自らも亡びる。そしてその習性によって、決して神の顔を思い出すことはできないのである。だから、近代科学は神に至る袋路である。」

私は、翁の話に、いちいち納得した。しかし、もしかしたら、アラジンの生きる道は、宗教にあるのではないかと、ふと思った。宗教は神に至る道だからである。然し、翁は非常に峻厳にそれを否定された。

「宗教は神に至る迷路にすぎない。そのことは、アラジンが近代科学をつくる以前に、そのようにしたのである。宗教ははじめ、神に至る道であった。しかし神に対する勝利を狙うアラジンは、この宗教を堕落させた。それは宗教に哲学を導入することによってである。哲学によって宗教は権威を得た。その産物が教義と教条である。この権威によって、神は生活の場から、寺院の中へと連れてこられた。寺院の中では、永い間、幸福と人間完成を二大テーマとする尤もらしい説教が繰返されたあげく、とうとう神に代ってエゴイズムが君臨するようになった。

勝ち誇ったアラジンは、この勝利を確保するために、寺院を神の彫像と神の讃歌と神の言葉をもって飾りたてた。だから今に至るまで、宗教は神の座と思いこまれているが、実は神に至る迷路にすぎないのである。」

私は翁に尋ねた、「アラジンはなぜ、宗教に哲学を導入することを思いついたのですか。」翁は吾が意を得たり、という面持でうなずかれると、強い言葉で言われた。

「それが、アラジンのそもそもの謀略じゃ。五〇〇〇年前、アラジンが、左様、土の中から富と力を手に入れた時、ふと思った。この力によって、自分は神に代れるかもしれない、で、この力をもっと増殖してみようとな。

で、始めたのが学問の創造じゃ。君も知ってのとおり、二五〇〇年前、ギリシア・印度・中国でいっせいに学問が始まった。あれは皆アラジンの仕業じゃ。ナニ、なぜ学問を作ったかと？つまり、アラジンは、力は知から出るということを知っていたのじゃな。ナニ、知がいけないというのではない。知はすべて神から出る。しかし知はアラジンからも出る。アラジンは神に似せて創られているからな。然しそれは贋の知じゃ、つまり、神から離れて独り歩く者の杖、力じゃ。然し、当時のアラジンが、それほど大それた心をもっていたとも思えん。で、学問はすべて初めは、神のための神の研究という形で始まっておる。然し、いちど学問が成立すると、アラジンの心にムラムラ謀反心が芽生えた。神に対する己れの勝利じゃ。で、後は知っての通り、先ず神の座である宗教を壊し、最後にこの学問をもって、神を殺した。その狂気の産物が近代科学じゃ。

彼のうち建てた近代科学の碑には次のように記してある。

ここを過ぎる者
己れの手と目をもって
すべてのものの重さをはかれ

これが神殺しの犯人じゃ。然し、誰ももうこの碑を越えて昔へ戻る者はいない。それは、この碑の言葉を信じる者は、すべて富と力を手にすることが出来るからじゃ。それに、この悲しい習性が心となって、今では誰も神を思い出すことは出来なくなっているのじゃ。」

翁の話はすべて終った。私は何となしに暗澹たる心になった。そして思った。吾々の文明はアラジン文明であった。それは知的文明であり、エゴイズム文明であった。この文明の前途に救いは全くない。吾々は自分の創った文明で、自分の首をしめるのである。

今までアラジンに向けていた怒りと涙が、私じしんに返ってきた。私は何とかしてそれからの脱出を模索した。そして非常にはっきりしたことは、過去の文明は何の役にも立たないということである。翁の言われたとおり、科学は神への袋路であり、宗教は神に至る迷路である。

私は暗い気持がいっそう暗いままで翁に目を向けた。翁はもう、いつもの飄々とした風情で、私を見てニコニコしておられる。私は、ふいに、そのことが新しい発見のように思えた。で、しばらくの間翁と対座しながら、何となしに希望のようなものを感じ始めていた。そこで、私は思い切って、この問題を解くために、私の方から翁に禅問答をしかけてみることにした。

「先生、道がないから、道はあるのですね」、翁は黙して語らない。「アラジンは神の顔を思い出せないから、神の顔を創ればよいのですね」、翁はまたしても黙したままである。そこで私はもう一言つけ加えた、「それは芸術を通じてですね。」その時、翁の顔が一瞬キッとなり、「それはどうしてじゃ」ときかれた。私は答えに窮した。というのは、深い考えがあって言ったのでなく、ただ先程からそういう気持になっていたので、それを率直に言ったままである。それで兎も角次のように答えた。

「アラジンが手を触れなかったのは芸術だと思います。だからアラジンに汚されていない芸術だけが、未来へ通じる唯一つの道のように思うのです。」「ふむ」翁は深く一呼吸された。それから、「アラジンはなぜ芸術に手を下さなかったのじゃ」ときかれた。これには私は全く答えられなかった。翁はそういう私を見越して、「それは芸術家の卑屈のせいじゃ」、と大きな声で言われた。またもや翁は何を言われるのか。「よいか、芸術家は芸術を装飾と心得ていたから、アラジンはこれを甘く見たのじゃ。それが今となっては幸いしたともいえるが。つまり、芸術だけがアラジンのドグマに毒されていない残された唯一つの道じゃ。それを今の芸術家はいったい何とみているのか。」

多少とも芸術の真似ごとをする私にも、耳の痛い言葉であった。しかし事はもっと重大である。芸術だけが未来への文明をひらく鍵をもっているようである。しかし如何にして？　私はもう一度、翁と禅問答をしてみる気になった。

「先生、芸術は神を創るいとなみですね。」「当然じゃ」、翁の雷のような声である。私は調子にのった。「文明とはすべて、この手で、神を創るいとなみですね。」翁の白い目が私をじろりと見た。私は一瞬ヒヤリとして、すぐその誤りに気付いた。「いえ、この手ではありません。」「では、どの手じゃ」翁の声が追っかけてきた。私は答えに窮した。だが臆せず、気付いた通りに言った。「アラジンの残った僅かの創造性によってです。」翁の白い目がもう一度私を見た。これはいかんと思ったが敢て言った、「アラジンには、もう神の血は通っていませんが、ほかに方法はないではありませんか。」

翁の白い目が、やはり私を一瞥しただけである。なるほどそうだ、神の血が通っていないアラジンの創造性とは、アラジン知にすぎない。アラジン知が創る文明とは、アラジン文明にすぎない。然し、創造性がアラジンにのみ許された特権であり、創造性とは神の素材によって神を描き出すいとなみであるとすれば、アラジンはその残された創造性によって、神の顔を創造するほかに、どんな生きのびる道があるのか。

その時、「神の顔は、神の血によってのみ創造できるのじゃ」、と翁のひときわ澄んだ声が聞こえた。ああ、やはりだめだ。その血はもうアラジンにはない。アラジンはどうやっても生きのびることが出来ない。

私は、とうとう投げ出す気持になって、黙りこんでしまった。翁も黙ったままである。いつしか庭に夕闇が迫り、白木蓮の花がハラハラと散った。私の張りつめていた求道の気持も、一緒に何となくハラハラと散った。その時、その時である、私に何かが閃めいた。そうだ、「捨てるのだ、アラジンはアラジンを」、理由はその外に方法がないからである。私は何となく気が楽になった。そしてどうにでもなれ、という気持になった。

翁はいつしか温顔に笑みを一杯にたたえられ、膝を叩くようにうなずいておられる。私には、言葉にはならないが、翁の心がじかに私にひびくようであった。そして一つの印象が、私の心にハッキリ刻みこまれた。〝己れを捨てることだ、アラジンも知も。〟もともと何も所有していないアラジンに、所有は五〇〇〇年にわたる悪い夢であった。知も力も己れも。

無私、その心に、アラジンは生まれ変る。それは、五〇〇〇年前の幼いアラジンにすぎないが、それはまさしく、神の顔をそなえたアラジンであった。その顔はどんな顔であったか、全く思い出せないが、無私の心によって、新しく画いてみるほかない。過去のどんな文明にも描かれていない常の神ではない神の顔を。

それは芸術という一本の細いかすかな道によって、僅かに未来へ通じている。それがどこへ通じるのか、確かに通じるのか、誰も知らない。しかし唯一つのことだけが明らかである。

それは心の道である。〈無私〉という心の状態だけが価値となっている。それは過去の知の文明に代る、新しい心の文明の原点である。それが神の血によって神の顔を創造することになり得るか知るよしもないが。

いつかすっかり夜になっていた。ボツボツ翁が駈足のために、世田谷の街へ出られる時刻である。私はかつてない心の衝撃のために、しばらくは座を立つことができなかった。翁は「よい、よい」とひきとめられたが、私は今日の教示に深甚の謝意を表して、漸く翁の隠宅を辞去したのである。

四、詩人は予言者か

1　救いの二律背反

翁を訪ねたのは四月であった。それから七月の今日に至るまで、私の頭からは、片時も翁の強烈な教えが離れなかった。それは恰も、翁の生霊に憑りつかれた夢遊病者のようであった。そして、それが次第に、私の確固たる思想となっていくことを意識した。

私はとりわけ、翁の文明体質論に強い興味をおぼえた。なかんずく、人間の歴史は〝死児を抱いて温めてきたようなものだ〟という翁の言葉が、いつまでも耳から離れなかった。

翁によると、人間の文明は今日明日につくられたり変えられたりするものでなく、五〇〇〇年前に始まった体質がそのまま成長していって、いつかはその体質によって亡びるということになる。今の吾々の文明は欠陥体質で、いわば破壊的体質とでも云うべきものである。だからチョットやソットの対症療法では、現代の危機は解消できないのであって、文明の体質そのものから改変しなければいかん、ということになる。私はそこで、翁の考えは非常に東洋的だということに気付いた。たとえば東洋医学では、病因は身体全体にありとみて、全身の改造をもって治療法とする。この点、西洋医学が病因をその部分にみて、対症療法をもって治療法とするのと全く対照的である。吾々は翁の東洋的史観に立つとき、現代危機は、単に公害防止や、核停条約のたぐいで回避できるものでなく、文明の体質全体に着目しなければいかん、ということを教えられる。なにも、〝西洋の没落〟は、単に西洋の没落ではなく、人類全体の没落であるということに、翁の視点から、いち早く気付かねばならないのである。

翁の文明体質論は、また人間性危機論ともいえる。というのは、現代文明の危機は、どうやら人間性の本質から発しているようだからである。つまり翁の指摘される〝人間の慢心〟とは、人間が万物の霊長として所有する創造性と深いかかわりがあるようである。もしそうなら、人間は文明体質改善のために、この創造性そのものを放棄しなければいかん、ということになりかねない。

然し、よく考えてみると、決して翁はそんなことは言っておられない。創造性とは神性・不滅の生命であって、人間の慢心とはこの神性に対する自惚れ、というほどのいみである。してみると文明の改善とは、この自惚心だけを去って、天性の創造性はますます生かせということである。従って、翁の意図される原始復興とは、決して野蛮への後退ではなく、無私の心に帰って、科学技術文明を活用せよ、ということであるらしい。

しかし、その無私の心というのに、人間はいったいなれるのか。なれないことが、また人間の天性のようでもある。翁はそのことを、〝アラジンは妖怪〟と指摘しておられる。だが、その後

で、こう補足された。〝アラジンの本来の顔は神の子の顔で、魔性の顔は仮相である〟と。して

みると、仮相を去りさえすれば、人間本来の顔に戻れるということになる。仮相はあくまでも仮

相だから消えるものである。

しかし現実には、この仮相を去ることは至難事である。たしか二〇〇〇年前にも、イエスが

〝幼児のようになれ〟と言ったが、その後誰も実行しなかったではないか。所詮、翁の教えも画

餅か。

ここに至って、翁の文明体質論も、私の喉の奥の方でしばらくの間つかえたままになっていた。

しかし七月に入るとともに、それが程なく溶解した。

私は、翁がもち出されたもう一つの大切な条件を失念していたのである。翁はアラジンの再起

のために、神の想起ということを強調されたのである。そしてアラジンがこれを想起した時に、

神はこの世に復活すると指摘されている。この神の復活が、アラジンが無私になる条件である。

即ち、アラジンがアラジン以上の存在を確認するとき、アラジンの慢心はしぜん雲散霧消するの

である。然し、すでに神から断絶してしまっているアラジンに、果たして神の想起が可能であろ

うか。

ここで、私は、翁の第二の条件を思い出す。〝神は無私によって創られる〟、これである。し

203　詩人は予言者か

かしこれと第一条件とは二律背反である。つまり、第一条件では無私を生じるには神を想起しなければならないのに、第二条件では、無私によって神を創れと命ずるのである。

が、このほかに人類が生き残る道があるであろうか。ここの無私とは、捨て身ということである。神を創るとは、過去の文明になかった新しい神を発見するということである。なぜそうするかというと、単に想起される神は、すべてアラジン知によって毒された神ばかりであって、それでは本当に神を想起したことにならないからである。

従って、捨て身の神創造によって、真に神は想起され、その時神が復活して、アラジンの無私が実現される。そしてそこから新しい体質の文明が始まるのである。これを心の文明という。

結局、翁の文明体質論は、誰が捨て身となって神を創造する者となるか、ということに帰するようである。翁はその者を、はっきり指摘しておられる。それは学者ではなく、宗教家ではなく、芸術家であると。それは、知的文明にどうにか毒されずに生き残ってきた人種だからである。学者はその権威とドグマのために神を創ることができない。宗教家は神をもっていると誤認しているために、新しく神を発見することはできない。その点、芸術家は裸で自由である。人類に残された唯一の通風口である。

しかし、と翁は芸術家をいましめられる。芸術家は果たして神を創る資格があるのか。永い間、学問や宗教の風下に甘んじてきたのではないか。はたして芸術が創造であり、創造が神を創るいとなみだということを、どれほど知っているのか。だから翁は最初に云われた、〝人類が亡びて後、詩はあったと言えるか〟と。芸術家の文明に対する反省と責任を強く求められたのである。

翁にとり、未来の道は細い、あるかないかの道にすぎない。それはほんの少数の捨て身の神を創る芸術家がつくる道である。然し、そのほかに、人類の病んだ体質は改善されそうにない。それは恰も、サジを投げた漢方医が、自然治癒力にのみ望みを託し、じっと患者の回復を待っている、そういう悲痛と信のいりまじった姿のようである。

2　詩の予言性と霊感性

翁の所説がやっとのみこめた頃、私は奇妙な感じにおそわれていた。それは、この思想は私にとり耳新しいものではない。どうも以前から私の思想であったものが、翁によって確認されたのではないか、ということである。この奇妙な感じのために、しばらくは落着かなかったが、とうとう意外な事実にぶっつかり、この事の納得がいったのである。というのは、翁の思想は、私の十年前の詩篇にそっくりそのまま書かれている、という事実である。私はこの事実に今日まで全く気付いていなかった。というのは、書いた時にはそれほどの意味があるともしらず、単純な気持で書いていたのである。しかし、いま翁の教えがすっかり分ってみると、それはまさに翁の教えそのものなのである。

そんなおかしなことがあるのだろうか、私の奇妙な感じは事実であった。翁の教示は、もともと私の思想であった、それは私に自覚されないままに。翁はそのことを知って教示したのだろうか、それともたまたま翁と私の思想が、本来一つだったのか。翁のハラの中は分らない。唯一つ明らかなことは、詩は詩人にまだ自覚されていない未成の思想を予示する先見性をもつ、ということである。更にもう一つ、このように未成の思想が、確定的な形で言葉になるということは、詩人自身の意志によって形成されるのでなく、詩人以外の意志、たとえば詩霊であるとか、不可知の潜在意識の働きであるとかによって、詩は形成されるということ、つまり詩はインスピレーションの所産であるということである。

この二つのことが、詩を理解する本質であるということを、私は翁の教示の副産物として知りえたのである。翁はそこまで意図して教えられたのであろうか。いや、霊妙不可知の翁のことである。私はそういうふうにすっかり信じてしまうことにした。

そういうわけで、私は拙劣ではあるが、詩の神秘性に触れるために、気恥かしさを殺して、私の古い詩を二、三ひろってみることにした。

僕は二〇センチ平方の一つの穴
天もそれに照応した一つの穴
あの穴で忘れたものを
この穴で思い出す
だから天は全体で光らない
欠けたものが思い出すまで待っている
僕は忘れたものだから　空間
僕は思い出すものだから　時間
二〇センチ平方は思い出す　形式
もう僕は何処にも存在しない
（中略）
お丶　神よ
貴方が居ますことと僕の無いこととが

こんなにも同一であるとは

〈二〇センチ平方〉より

これはアラジンの神想起の思想を示しており、終連は、無私による心の文明の未来を指向している。

僕が　此処でやったことは　知ることだった
何もかも自分という一つの袋に押しこんで
咀嚼を忘れた牛のように呑みこんでしまった
そして唯一つの知識を得た〈すべては終る〉
（中略）
永劫は ――
それ自体が永劫で何とも言いようのない
在ることは　自分で感じとって
〈在る〉と思うより仕方のないものだ

〈鎮魂歌〉より

これは知的文明の体質を批判したものであり、終連で、その超克の道、即ち神創造の方法を暗示している。いずれも十一年前の作である。(私が臆面もなく自作を記したのは、詩論がその詩人の体験に根ざしているということ、そして私にとり体験とは、十一年前に無自覚で書いた詩の内容が、現在の明確な私の思想となったという、私にとっての事実を例示するためであるので、読者よ諒とされたい)。

人が信じようと信じまいと、これは私にとりまぎれもない事実である。そういうわけで、詩の予言性と霊感性は、私にとり詩論の出発点をなすのである。

3　シュルレアリスムの功罪

では、なぜ詩は予言的であり霊感的であるのか。その原理は私の体験によって明らかとなる。私が、十一年後につくられる私の思想を、十一年前に明確に私の手で書いたということは、どう考えても、その時すでに、私の内部に、それが自覚されないものとして在った、いわば種子として在ったということであろう。それはつまり、フロイトの潜在意識としての存在ということになる。

ただ不可解なことは、まだ種子にすぎないものが、花も実もつけた完成された思想として、どうして十一年前に、それが顕在化したかということである。いったい誰が、単に梅の種子を見て、まだ見ぬその花や香りや枝ぶりまで、明確に記述することができたか、ということである。一部の心理学者のように、それは潜在意識の神秘な作用と、無責任な論ですますわけにいかぬ。

たとえそれが私の思想・種子であっても、それは私の力にはできない。おそらくそこに、私を超えた英知の存在を別に想定しなければならぬ。それが古人のミューズであるか、神であるかは別として、私はそれを、私の潜在意識の隣に住む秀れて英知的な存在、としておきたい。ここで、私の論は一歩飛躍するとの謗りをうけるかもしれないが、私は、この英知的存在のいちばん奥に神を想定する。それは私の潜在意識が、英知的存在と接するように、この英知的存在もまた、更に英知的な存在と限りなく接するという意味においてである。ついに神はいわば最も奥の英知的存在、世界の潜在意識である。

私は私の奥のはるかに隣接して神を思う。それは未だ過去の毒された文明では示されていない神、いわば常の神ではない名付けられないものである。

然し、この奥なる神が、私の奥にある限り、私の〈未来の創造さるべき神〉の在所は私の内奥である。即ち、私の〈神の創造〉とは、世界の潜在意識の私における顕現である。私は従来の文明が、外界に神を求めて、ついにこれを見失ったことを悲しく思う。

では、この神はいかにしたら私に顕現するか。それは直感による。何となれば、潜在意識は、いわば手がかりのない意識、つまり論理の因果の糸が顕在意識との間につながっていないために、潜在化しているのである。手がかりのない意識は、合理的な論理では呼び寄せられない。直感で不意につかむしかない。詩はゆえに霊感である。

しかるに、この神をつかむ最良の武器が、現代文明では排斥されている。即ち、科学を最高権威とするアラジン知的文明は、直感を軽視することによって、神を殺したのである。宗教では教祖の直感が、哲学によって固定化され、その後の清新な直感の出現を阻止している。ただ芸術においてのみ、直感の自由な活動が許されている。故に、芸術は現代における唯一の神への通風口である。

このいみでシュルレアリスムは、現代における秀れた芸術家的行為である。何となれば、それは最大限に霊感の活動を主張しているからである。アンドレ・ブルトンによると、シュルレアリスムとは「心の純粋な自動書記であって……理性によるいかなる監督をもうけず、審美的なあるいは倫理的な心づかいを全く離れて行なわれる思考の口述である」と。それは、いわば純粋直感による作詩法である。それは推敲型作詩法に比して、それが自己意識による制約をうけるのに反して、いかに霊感の通路として秀れているかがわかる。つまり、それは最も神に近づく作詩法である。

然し、シュルレアリスムは大きな誤りをもっている。それは確かに霊感の量においては最大であるが、霊感の質においては、致命的な欠陥を露呈している。およそ霊感の在所である吾々の潜在意識とは、吾々の経験の集積所である、即ち、吾々の日常の思考・印象はもとより、周囲からの影響・印象がそのまま記録されている。それは玉石混淆というより、むしろ俗悪低劣なものの方の量が多いことは容易に想像がつく。この潜在意識に対し、理性を捨てて門戸をひらけば、その詩は奇抜ではあっても、低俗な内容の詩におちいりやすい。故に推敲型の詩の方に、むしろ秀れた詩精神のものが多いことは容易に首肯できる。しかし推敲型の欠点は、直感が自己意識によって制約をうけるから、霊感の量が制約され、従って自己意識の枠を超えて神に迫ることが困難になる、ということである。

詩が神の通風口であるためには、最大の量の霊感と最高の質の霊感が確保されねばならない。それはいかにして可能か……。それは、シュルレアリスムの自動書記の方法に加えて、霊感の質を選別する方法をプラスすることである。私はこれを、ネオ・シュルレアリスムと呼んでもよいと思うが、名はいらない。それは本来の作詩のあり方そのものと思うからである。

　では、霊感の質はいかにして選別できるか。それは、詩人自身がその霊感にふさわしいものとなるということの外に方法はない。潜在意識は記憶の保管所であるとともに、もう一つ、人格の器でもある。つまり、その人の見えない人格の原型である。即ち、その人に日々集められる経験の中から、その人が日々選別しながら形成するものである。そして霊感とは、この器に応じて、この器に隣接した潜在意識から受容されるもののことである。故に貧しい器には低劣な霊感が、秀れた器には、隣接した秀れた英知からの霊感が伝達される。霊感の質を決めるのは自己自身である。故に、詩人が神の通風口となるためには、詩人がそれにふさわしい器とならねばならない。

だから

僕は二〇センチ平方の一つの穴
天もそれに照応した一つの穴
あの穴で忘れたものを
この穴で思い出す
だから天は全体で光らない

欠けたものが思い出すまで待っている

では、それにふさわしい器とは何であるか。それこそ、人間の原点にたちかえった時の姿である、神の子の顔である。それへの困難な道は二律背反の命題によってのみ達成される。即ち、無私になるために、神を想起せよ。神の想起のために、無私で神を創れ。

4　詩人の責務

無私で神を創るとは……無私で日々の生活を生きること。何故か……人の人格の器とは、日日の経験の中の、その人により選別された部分であるから。だから無私の生体験が、その人の器をつくる。それは慢心をもたない生まれたままの人間の顔、即ち神の子の顔である。

故に
ネオ・シュルレアリスムは、已れの内部に神を創る行為である。
ネオ・シュルレアリスムは、日々を無私の生体験で埋める行為である。

ネオ・シュルレアリスムは、これらで神の霊感につながる行為である。

故に、ネオ・シュルレアリストは、以上の行為によって、まさにヤーヴェの口（旧約聖書）予言者となる。

しかし、神を創る行為は、なにも詩人の独占物ではない。それは万人の務めである。何となれば、万人が人間である限り、万人はおのおのの創造者であるから。創造とは、先ず己れの内部に己れの器を作る行為であり、次いで、この器に応じて己れを外に顕現する行為である。人はおのおの日々の生活を通じ、職業を通じて、外に己れの形を創る創造者である。文明とはこれらの総体、つまり人類が創る己れの器に似せて、創り出された人類の影である。

故に、人はすべて文明に責任を負う。万人はその本質において、神の予言者である。しかるにこの五〇〇〇年の間、吾々はこの事実に気付かず、神を創る代りに、己れを神に仕立ててきた、その虚像によっていま人類は復讐をうけつつある。創られたものは創り主によって生命を得、創り主の意図をその魂としてうけとるからである。

いま漸くこのことを予感する一群の人々が現われた。少数の詩人達である。T・S・エリオットは、詩とは「文明全体の問題」と言い、オーデンは「人類存続の問題」と言い、また日本荒地派の人々は、「われわれにとって唯一の共通の主題は、現代の荒地である」(鮎川信夫「現代詩とは何か」より)と見ぬいている。

彼等はまさに神の通風口の戸口に立ったのである。しかし未だ彼等はその通風口を発見してはいない。それは、彼等が探す広場をとりちがえているからである。彼等が呼ぶ荒地とは、第一次大戦後、ないし第二次大戦後の世界であるが、実は荒地はもっと広い。それは五〇〇〇年にわたる、荒れるにまかされた人類の広場である。

私はその荒地に、一筋の通風口がつながれる日を予感する。それは、日々の無私の生体験によって、神を創るごく僅かの人々によって掘られる蟻の穴である。

私はその穴を、学者にも、宗教家にも、政治家や財界人にも期待しない。それは、彼等が取引のない直感を大切にする習慣を、その仕事の中にもっていないからである。私は僅かにその夢を芸術家に託す、なかんずく詩人に。それは、詩が音とイメージと思想の三つによって、いくらか明晰に神を描き出せるのではないかと思うからであるが。私はこれを現代における詩人の責務と思う。それは詩人が、人間として誠実であることによってひきうけさせられる、暗い現代の重さのようなものだと思う。

(一九七五・八・一五)

初出「詩洋」第50周年記念号（一九七六年8月）
『私見宮沢賢治・その外』所載（一九八六年刊　国文社）

ネオ・シュルレアリスムについて

私は、自動記述を詩作の手法の一つと評価するので、これに私の詩作の態度を加えて、ネオ・シュルレアリスムと呼んでみたが、あるいは、私の詩作の態度に主点を置いて云うなら、オルフィスムと呼ぶべきかもしれない。つまり、オルフェウス的なシュルレアリスム、それがネオ・シュルレアリスムである。そして、何よりもネオ・シュルレアリスムは、文明転換の精神であることを指向している。

後記

賢治には霊の世界（異空間）が見えていた、これが賢治の詩や童話や生き方の根底にある、というのが私の賢治論の立場です。この事を裏書きするような資料を最近知り得たので追記します。

それは大正十四年十二月二十日付、岩波茂雄宛書簡です。これは青木正美氏の著書『古本市場掘出し奇譚』（86・10・日本古書通信社刊）に掲載されたもので、私はこれを「イーハトーブセンター会報」第三号（宮沢賢治学会）で知ることが出来ました。これは大正十四年二月の森佐一宛書簡と重なり、更にこれを裏書きするものです。

とつぜん手紙などをさしあげてまことに失礼ではございますがどうかご一読をねがひます。わたくしは岩手県の農学校の教師をして居りますが六七年前から歴史やその論料、われわれの感ずるそのほかの空間といふやうなことについてどうもおかしな感じやうがしてたまりませんでした。わたくしはそう云ふ方の勉強もせずまた風だの稲だのにとかくまぎれ勝ちでしたから、わたくしはあとで勉強するときの仕度にとそれぞれの心もちをそのとほり科学的に記載して置きました。その一部分をわたくしは柄にもなく昨年の春本にしたのです。心象スケッチ春と修羅とか何とか題して関根といふ店から自費で出しました。友人の先生尾山といふ人が詩集と銘をうちました。詩といふことはわたくしも知らないわけではありませんでしたが、厳密に事実のとほりに記録したものを何だかいままでのつぎはぎしたものと混ぜられたのは不満でした。辻潤氏佐藤惣之助氏は全く未知の人たちでしたが新聞や雑誌でほめてくれました。そして本は四百ばかり売れたのかどうなつたのかよくわかりません。二百ばかりはたのんで返してもらひました。それは手許に全部あります。わたくしは渇いたやうに勉強したいのです。貪るやうに読みたいのです。もしもあの田舎くさい売れないわたくしの本と　あなたがお出しになる哲学や心理学の立派な著述とを幾冊でもお取り換へ下さいますならわたくしの感謝は申しあげられません。わたくしの方は二、四円の定価ですが一冊八十銭で沢山です。あなたの方のは勿論定価でかまひません。粗雑なこのわたくしの手紙で気持ちを悪くなさいましたらご返事は下さらなくてもようございます。こんどは別紙のやうな謄写刷で自分で一冊こさえます。い丶紙をつかってじぶんですきなやうに綴ぢたらそれでもやっぱり読んでくれる人もあるかと考へます。

この書簡にある「そのほかの空間」とは、異空間つまり私の言う三次元の感官に映らない霊の世界と言える。だから「どうもおかしな感じやうがしてたまりません」と、自分の霊的視力に映る世界のいぶかしさを訴えているのです。それが何であるかを追求したくてたまらず、岩波茂雄に哲学や心理学書の交換を申し出たのです。その研究の支度に「それぞれの心もちをそのとほり科学的に記載して置きました」のが『春と修羅』で、これは賢治の霊的視力に映ったありのままの世界、つまり霊的世界を混じえた世界（第四次延長の世界）だったのです。

この視力を持つ賢治には、自我とは〈あらゆる透明な幽霊の複合体〉であり、他者とは〈みんなむかしからのきやうだい〉の人間観があり、世界とは天の川のエーテル空間に浮かぶ星々（星は目に見える三次元空間）と、目に見えない空《くう》（天の川の水）の双方を含む広大な宇宙観があったのです。

このような人間観と宇宙観に立った賢治が、みんなの本当の幸福を求めて、天の川の空《くう》（エーテル的霊の世界）に走らせた上り一本の急行列車が銀河鉄道です。その行き着く先は無辺際の「無私の献身」、これが賢治の〈みんなのほんたうの幸福〉の原理です。

乗っていたジョバンニは、賢治が昭和六年に辿りついた「デクノボー」の象徴でしょう。賢治はどうしても、自分の目に見える世界が真正なものであることを心理学的に哲学的にとらえたかったでしょう。そうして、自分の目がとらえた幸福の原理「無私の献身」で現実に世界を変革したかったと思います。

村上陽一郎氏は「科学と信仰のグランドスタイル」（洋々社刊、宮沢賢治第四号）の中でこう言っています。

〈最近になって、岩手大学の図書館で高等農林時代の蔵書を調べてみると、心霊学の本――高橋五郎『心霊萬能論』、オリバー・ロッヂ（杉山重義訳）『心霊生活』等々が、たくさんあって、それらの本には「科学と宗教との一致による新しい科学の建設」とか、心霊学は新しい科学だとか書かれている。〉

村上氏の指摘するオリバー・ロッヂ『心霊生活』（大正六年刊）は私の手許にあります。これは元東京府女子師範学校蔵書で、大正十三年師範卒業寄贈の印があり、六十冊の中の一冊となっています。

当時は教育の場でこの種の書が所蔵されていたから、盛岡高等農林にももちろんあり、読書家の賢治は当然読んでいた筈です。ちなみにオリバー・ロッヂはエーテル空間の研究で著名な物理学者でバーミンガム大学総長。彼はこう言っています、「死は個人の終りではなく、墓場をこえて生き残る。これは仮定的のものでなく、科学的にはっきり確かめられた事実である」。

霊が目に見えた賢治には、このような書が示唆を与えたことは十分に想像できます。だから「歴史や宗教の位置を全く変換しやうと企画」したことは当然で、そのための研究には心象スケッチの論料《データ》が必要であり、また心理学や哲学の書が喉から手が出るほど欲しかったのでしょう。愛の人賢治にはその彼岸に、ジョバンニ（デクノボー）が行き着く「無私の献身」の本当の幸福の地球の姿がチラチラしていた筈です。

本書は土曜美術社の畏友、詩人の丸地守さんの尽力があって陽の目を見ることになりました。深く御礼申し上げます。

平成四年二月十三日

桑原啓善

この後記は本書初版（土曜美術社出版販売発行）の為に書かれたものです。

資料提供　宮沢賢治記念館
資料撮影　平野利幸

宮沢賢治の霊の世界
ほんとうの愛と幸福を探して

二〇〇一年六月一五日　初版第一刷発行

桑原 啓善 ――著者
桑原香菜子 ――装幀
熊谷えり子 ――発行者
でくのぼう出版 ――発行所
神奈川県鎌倉市由比ガ浜 四―四―一一（〒248-0014）
TEL 0467-25-7707　FAX 0467-23-8742
株式会社星雲社 ――発売元
東京都文京区水道 一―一一―一〇（〒112-0005）
TEL 03-3868-3275
神奈川県高速印刷協同組合 ――印刷
有限会社経文社井上製本 ――製本

ISBN 4-7952-0587-6 C0095
Printed in Japan.